文庫

文庫書下ろし

幸せスイッチ

小林泰三《やすみ》

光　文　社

この作品は光文社文庫のために書下ろされました。

目次

怨霊

竹内春子《たけうちはるこ》は人形を持っていた。

だが、持っていることをすっかり忘れてしまっていた。いや。本当に忘れていたのかも定かではない。正確に言うなら、人形を見てもなお何も思い出せなかったのだ。

これはあなたの人形だと言われれば、なるほど、そんなこともあったかもしれないなあ、と感じる程度なのだ。

とりあえず、引っ越しの時、春子の荷物からそれは出てきた。

金髪の可愛らしい人形。目は青く、大きさは三十センチぐらい。色白で、おそらく西洋人の少女をイメージしたものらしい。

だが、そんなものを所持していた覚えは全くなかった。

何かしら、これ？

どうしても思い出せなかったので、春子は実家に電話して確認することにした。

「ねえ。わたしの荷物から人形が出てきたんだけど、覚えある？」

「覚えあるって、そりゃ、あんたの荷物から出てきたんならあんたの人形でしょ」母は面倒そうに答えた。

「ははあ。やはりそうか」

「覚えてないの？」

「覚えてないから電話してるのよ」

「ええと。確か、子供の頃、あんたにいくつか人形を買ってやったよ」

「まあ、そうでしょうね。女の子だから」

「怪獣の人形も買ってやったような気がするよ」

「ああ。それは覚えてる。わたし、怪獣好きだから」

「女の子なのに？」

「趣味嗜好に男女は関係ないでしょ」

「で、その人形って怪獣なの？」

「いや。怪獣とは違うと思う。言い切る自信はないけど」

「自信ないってどういうこと？　牙とか角とか尻尾とかあったら怪獣なんじゃないの？」

「いや。牙とかはない。金髪碧眼《へきがん》でスカート穿いた女の子風のやつ」

「どうして、それが怪獣じゃないって言い切る自信がないのよ？」

「お母さんだったら、言い切れる？」

「言い切れるわよ。そんな金髪でスカート穿いてる怪獣なんていないでしょ」

「いないとは限らないんじゃない？」

「見た目人間なんでしょ」

「人間ていうか、見た目は人形だけど」

「屁理屈言ってんじゃないわよ」

「屁理屈じゃないもん。『青い血の女』は怪獣のうちに入るかもしれないもの」

「何、それ？」

「『バナナはおやつに入りますか？』的なあれよ」

「そんなこといちいち聞く方が間抜けよ」

「どうして？」

「『おやつに入る』って言われたら、どうするの？　黙って持っていって、おやつだと指摘されたら『バナナはおやつに入らないと思ってました』と言えばいいのよ」

「なるほど。じゃあ、わたしもいちいち『青い血の女は怪獣に入りますか？』って訊《き》かないことにするわ」

「そうしなさい。じゃあ、これで解決ね」

「ありがとう。……って違うわよ。全然解決してない」

「どうして？　怪獣人形なら持ってた覚えあるんでしょ」

「仮にこれが怪獣人形だとしても、持ってた覚えはないわ」

「だったら、そんなややこしいこと、言わないでよ」母は相当苛立《いらだ》っているようだった。

「で、何が訊きたいの？」

「わたし、金髪碧眼でスカート穿いた女の子風の人形、持ってたかしら？」

「最初からそう聞きなさいよ」

「で、持ってたの？」

「持ってたんじゃないの？」

「いや。わたしが訊いてるんだけど」

「そんなの普通の人形じゃない」

「そうよ」

「だったら、いちいち覚えてなんかいられないわよ」

「そんなものなの？」

「あんただって、覚えてないんでしょ」

「そりゃそうだけど……。あっ、待って。今、写真撮って、メールで送るわ」

春子は写真を母にメール送信した。

「どう？」

「う〜ん」

「どう？」

「持ってたんじゃない？」

「だから、どうして疑問文？」

「もう。持ってたってことでいいんじゃない」

「何、その投げやりな態度？」

「だって、本当に平凡な人形なんだもの。もっと奇抜なのだったら、覚えてると思うんだけど」

「そんな曖昧《あいまい》なことじゃ困るんだけど」

「何が困るの？」

「へっ？」

「この人形を持ってたかどうか知らないと、何が困るの？」

「いや。困ると言うか……」

「困るの？」

「えっと、邪魔なんで捨てたいんだけど、わたしのじゃなかったら、ちょっと拙《まず》いんじゃないかって」

「捨てれば?」

「あんたのだから、いいのかな?」

「だから、それを確認したいのよ」

「わかった。それはあんたのよ。間違いない。今、思い出した」

「面倒だから、そう言ってるんでしょ」

「いや。今、本当に思い出したの。責任はお母さんが持つから捨てなさい。じゃ」

母は電話を切った。

本当に思い出せないらしい。

まあ、無理もないか。本当に絵に描いたような典型的なお人形だもの。

春子は三秒ほど、悩んだ後、人形を持ってごみ捨て場に向かった。


携帯電話が鳴った。

発信元の電話番号は表示されてない。非通知ではない。単純に何も表示されてないのだ。

こんなのあるんだ。裏技か何かかな? でも、これって非通知と違わないから、意味なくない？

春子は無視しようと思ったが、つい誘惑に負けてしまった。

「もしもし」

「わたし、メリー」どこかで聞いたことがあるような声だったが、思い出せなかった。

「今、ごみ捨て場にいるの」

「ごみ捨て場？　なんの話？」

「わたし、メリー」

「誰？」

「あなたが付けた名前よ」

「はあ？　わたし、赤ん坊の名前付けたことないんですけど」

電話は切れた。

何、今の？　悪戯《いたずら》電話？　まっ、いいか。


携帯電話が鳴った。

発信元の電話番号が表示されていない。

また？　この間の子かな？

「もしもし」

「わたし、メリー。今、新大阪にいるの」

新大阪？　どこ？　新しい大阪ってこと？　ちょっと待って。最近、どこかで見たような気がする。あっ、そうだ。新幹線の駅。引っ越しの途中で見たんだっけ。

「ええと、メリーさん、たぶんこれ間違い電話なんですけど」

「いいえ。あなたに掛けているのよ、春子」

「どうして、わたしの名前知ってるの？」

電話は切れた。

間違い電話じゃないってこと？　じゃあ、誰？　まっ、いいか。思い出すの面倒だし。


携帯電話が鳴った。

また番号表示がない。

今度こそちゃんと聞き出さなくっちゃ。

「もしもし」

「わたし、メリー。今、東京にいるの」

東京？　東京ってどこ？　いや。日本の首都だって知ってるけど、東京都って結構広いじゃない。奥多摩だって東京都だし、小笠原諸島も東京都よね。

いや。そんなことより。

「あなた誰?」

「わたし、メリー」

「いや。それはわかってる。そうじゃなくて、わたしたち、どこで知り合ったんだっけ?」

電話は切れた。

何? こうやって、ずっとぶつ切りの会話を続ける訳? でも、どうせ暇だし。まっ、いいか。


電話が鳴った。

あっ。メリーさんだ。

「もしもし。メリー?」

「わたし、メリー。今、……県にいるの」

ああ。こっちに向かってるってこと? やっとわかったわ。

「こっちに来るの?」春子は尋ねた。

「もう少しよ」

「えっ？　うちに来るの？　急に来られても迷惑なんですけど」

電話は切れた。

何よ。来るなら、来るって言ってよね。掃除とかしとこうかな。まっ、いいか。面倒だし。


電話が鳴った。

「もしもし」

「わたし、メリー。今、ジャンジーラ市にいるの」

市内に来てるんだ。

「この間も言ったけど、来るなら来るって言ってよ。てか、誰？　メリーさんって記憶にないんですけど」

「春子が付けてくれたの」

「いや。だから、それきっと別の春子さんだわ。わたし、覚えないもの」

電話は切れた。

ちょっ。いい加減、腹立ってきた。今度掛かってきたら、絶対怒鳴りつけてやるんだ！

電話が鳴った。

「もしもし。あのね!!」

「わたし、メリー。今、ジャンジーラ駅にいるの」

電車移動だったんだ。

「もう。本当にうざいんだけど、止《や》めてくれる!!」

「もうすぐ行くね」

「いや。来なくていいんですけど!!」

電話は切れた。


電話が鳴った。

春子は無言で取った。

「わたし、メリー。今、中ジャンジーラ駅にいるの」

「いや。一駅ごとに報告してこなくていいから」

電話は切れた。

春子は少し胸騒ぎを感じ始めた。

電話が鳴った。
「もしもし」春子の声は少し震えていた。
「わたし、メリー。今、西ジャンジーラ駅にいるの」
春子はじっと息を凝らした。何かヒントとなるような音が聞こえないかと思ったのだ。
何も聞こえない。メリーさんの息遣いさえも。
電話は切れた。

電話が鳴った。
「もしもし」春子は掠《かす》れ声で出た。
「わたし、メリー。今、北ジャンジーラ駅にいるの」
だんだんと近付いてきている。
でも、なぜ？
電話は切れた。

電話が鳴った。

「もしもし」春子の声は殆《ほとん》ど出なかった。

「わたし、メリー。今、元ジャンジーラ駅にいるの」

あと少し。

待って。メリーさん……。メリーさんってまさか……。

電話は切れた。


電話が鳴った。

「も……し」春子はなんとか声を出そうとした。

「わたし、メリー。今、下ジャンジーラ駅にいるの」

あと一駅。

メリーさん……。間違いない。きっと、メリーさんは……。

電話は切れた。


電話が鳴った。

「……」春子の口はぱくぱくと動くだけだった。

「わたし、メリー。今、本ジャンジーラ駅にいるの」

最寄駅に着いた。もう時間はない。

電話は切れた。


電話が鳴った。

春子はじっと聞き入った。

「わたし、メリー。今、本ジャンジーラ駅の改札口にいるの」

やっぱり降りたのね。

電話は切れた。


電話が鳴った。

「わたし、メリー。今、ジャンジーラ北交差点にいるの」

駅からこちらに向かっている。メリーさんはこの家の場所を知ってるんだ。

電話は切れた。


電話が鳴った。

「わたし、メリー。今、ジャンジーラセンター前バス停にいるの」

ここに最短距離で向かっている。

わたしはどうすればいいの？


電話が鳴った。

「わたし、メリー。今、ジャンジーラ山の手三丁目にいるの」

メリーさんの正体がわかったわ。

春子は確信した。

電話は切れた。


メリーさんはわたしの居場所を正確に把握している。だとしたら、メリーさんの正体は一つしかあり得ない。

そう。

メリーさんって、ストーカーなんだわ！


「事件の詳細は以上の通りだ。Σ《シグマ》君、この事件、引き受けてくれるね？」警部は泣きそうな顔で言った。

「警部、それって事件と言えるんですか？」警部からメリーさんの電話の話を聞いて、わたしは呆れて尋ねた。

「立派なストーカー被害だよ」

「いや。ストーカーといってもですよ。ただ、単に自分の現在位置を携帯電話に報告してくるだけでしょ」

「だが、その場所がだんだんと近付いてくるんだぞ。これって、脅迫だとは思わないか？」

「まあ、取り方によっては脅迫ですかね。でも、脅迫だと思うなら、さっさと逮捕すればいいんじゃないですか？」

「ところがだ。犯人の動向が全く摑めんのだ」

「自分の居場所をぺらぺら報告してくるような犯人の動向が摑めないですって？　御冗談を」

「ところが、電話を逆探知しようとしても、全く手応えがないんだ」

「それはまた曖昧な表現ですね。情報通信の技術的な問題なのに、『手応え』ってどういうことですか？」

「ところが、まさにそういうしかないそうだ。探知しようとしても、そのような通信が全く存在していないかのようだということだ。しかも、彼女が報告してくる現在地付近の防犯カメラを確認しても彼女らしき姿は映っていない」

「狂言なんじゃないですか？」

「なんということを言うんだ、君は?!」警部は激昂《げっこう》したようだった。「竹内春子さんは副知事の親戚に当たられる方なんだぞ。狂言などと言って、無下にできるような方ではないんだ」

「それって、つまり偉いさんに無理やり捜査するように捻《ね》じ込まれたということですか？　そして、それを我々に丸投げしようということですね」

「そんな身も蓋もないことを言わんでくれ。警察が一般人の護衛をするのは難しいんだ。ここは是非Σ君の力を借りるしかないのだ」

「しかし、こんなストーカーの案件をΣが担当するというのはいかにも役不足でしょう」

わたしは強く抗議した。

「いや。引き受けよう」Σは言った。

「はっ？」わたしは呆気《あっけ》にとられた。

「ありがとう、Σ君。ありがとう」警部はΣに握手を求めた。

「いったいどういうつもりなんだ、Σ？　こんなつまらないストーカー案件など、相手にするだけ時間の無駄ではないのか？」
「確かに、つまらないストーカー事件のように見えるね」Σは涼しげな切れ長の目を輝かせた。「だが、この事件の背景を考えるに、恐ろしい真実が垣間見えるとは思わないか？」

超限探偵Σ——人は彼のことをそう呼ぶ。だが、彼自身はそのような呼ばれ方を好ましくは思っていないようだ。

Σというのは彼のイニシャルだ。訳あって、今はまだ我が友人である彼の本名を明かすことができないため、この表記で勘弁いただきたい。

彼が通常の犯罪捜査を行うという事はまずあり得ない。彼が手掛ける事件は通常の捜査方法では決して真実に達しえない超不可能犯罪のみである。もっともΣによると、この世に不可能犯罪などというものは存在しないらしい。それは単語自体に矛盾を含んでいるからだそうだ。不可能犯罪と一般に言われているものは、不可能でないか、犯罪でないかのどちらかだという。

彼が解決した事件の大部分はいまだ非公開である。もし、それらのうちの一つでも公開したならば、国家の一つや二つは簡単に吹き飛んでしまうだろうし、中には宇宙の存続に関わるような極めて重要な秘密が含まれるからだ。

今までに公開できた僅《わず》かな記録としては、「大虎権造《おおとらごんぞう》殺人事件」「更新世《こうしんせい》の殺人」「量子密室」などがあるが、これらは彼の業績の中では極めて些末《さまつ》なものというほかはない。ただし、これらのうちどれ一つとして、警察や通常の探偵の手に負えるものではなかったので、まさに人類の英知の限界に挑戦したものだ、ということを申し添えておこう。


「恐ろしい真実？　何のことだ？」わたしはΣに尋ねた。

「この事件の概要を聞いて、君はあることに気付かないか？」

「犯人がストーカーだということか？」

「それは大前提だ。僕が注目するのは、この犯人——メリーさんの絶大な自信だ」

「自信？」

「彼女は被害者である春子さんに自分の行動を逐一報告している。これから犯罪を行おうとしているものがこのような行動をとるなどということが果たして常識的に考え得るだろうか？」

「確かに、そう言われてみれば、メリーさんの行動は常識外れであるように見えるね」

「では、この絶大な自信の裏付けは何だろうか？」

「なんだろうね。想像も付かないよ」

「彼女の隠蔽能力だ」

「隠蔽能力ってなんのことだ？」

「彼女のやっていることは極めて単純だが、非常に困難なことなのだよ。彼女は電話で連絡してくる。だが、発信元は巧妙に隠されている」

「それはつまり、非通知で掛けてきているからだろ？」

「だが、彼女からの発信には『非通知』とすら表示されないのだ。これは極めて高度な情報通信の技術を保有していることの証左だ。さらに、実際に警察が逆探知しようとして失敗している。単なる非通知なら、逆探知は可能なはずだ」

警部は頷いた。

「さらに、彼女は常に現在位置を報告してきているにもかかわらず、その現場の防犯カメラには彼女らしき怪しげな人物は映っていないのだよ」

「どういうことだろう？」

「もちろん何か科学的なトリックを仕掛けてあるのだ」

「どんな仕掛けだい？」

「今のところ、情報不足ではっきりとしたことは言えない」

「じゃあ、さっそく情報収集のための調査に出掛けようじゃないか」わたしは提案した。

「いや。それは困る。事態は逼迫《ひっぱく》してきておるのだ。メリーさんはどんどん近付いてきている」警部はしきりに汗を拭っている。

「近付いているってどこに？」わたしは尋ねた。

「もちろん、ここにだよ」

「どうして、ここに？」

「いや。その謎はほぼ解けた」Σが言った。

「えっ？　じゃあ、メリーさんの正体がわかったのか？」警部は目を輝かせた。

「そっちの謎じゃない」Σは淡々と言った。「なぜ、メリーさんがこっちに向かっているかという謎だ」

「なんだ。それなら、わしから説明しよう」

「いや。その必要はない。僕の推理だけで充分だ」Σは言った。「君、メリーさんがここに向かっていると聞いてどう思った？」

「理屈に合わないと思ったよ」

「なぜ？」

「だって、メリーさんは竹内春子の家に向かっているんだろ？　この探偵事務所に来るはずがない」わたしは率直に意見を述べた。

「君はメリーさんの目的地は竹内春子の家だと思っているんだね。その根拠は？」

「根拠も何も、今の話を聞いた限りでは、現にメリーさんは竹内春子の家に向かってるじゃないか」

「確かに、物理的にはそのように見える。だが、それだけでメリーさんの目的地が春子の家だと言えるだろうか？」

「何を言っているのかさっぱりわからないのだが」

「では、こう考えよう。メリーさんがストーカーであることは確実だとして、ストーカーであるからには、何かストーキングの対象、執着の対象が存在するはずではないだろうかと」

「それはそうだろうね」

「メリーさんの執着の対象が春子の自宅だと思うかね？」

「それは違うだろう。もちろん建物フェチでないとは言いきれないが」

「では、執着の対象は何だろうか？」

「そりゃ、春子そのものだろう」

Σは頷いた。「その通り。メリーさんの目的はおそらく春子だ。春子の住居ではない」

「まあ、確かに厳密に言うなら、メリーさんの目的は春子だろうね。だが、目的地はどこかというと、春子の家で間違いないと思うよ」

「目的地は春子の家ではない。春子のいる場所なのだよ」

「その二つがどう違うんだ？　春子のいる場所イコール春子の家と考えても間違いないんじゃないか？」

「おいおい。そんな大雑把なことじゃ困るよ。もっともメリーさんが君と同じく適当な性格なら、単純に家を目指すかもしれないがね」

「仮に、春子のいる場所と春子の家がイコールじゃないとして、何か事態が変わるのかい？」

「そりゃ、変わるさ。もしメリーさんの目的地が春子の家だとしたら、メリーさんから逃れるのは非常に容易だ。単に家から離れればいいのだから」

「なるほど。で、真の目的地はどっちなんだ？」

「それはちょっとした実験をすればわかることだ」

「実験？」

「非常に単純な実験だ。ただ、単に春子が家を離れて、メリーさんの動向を調査すれば済むことだ。警部、すでにそのような実験は実行されていると推理しましたが、いかがですか？」

「その通りだ。どうしてわかったのかい？」

「警部、あなたは先ほどおっしゃいました。メリーさんはここに向かっている、と」

「確かにそう言った」

「つまり、メリーさんは春子の家に向かっていないということになる。ということは、春子を家から離れさせるという実験はすでに行われていることになる。となれば、メリーさんの目的地は春子の現在地ということになる。そして、ここに向かっているということから、春子の現在地がここであるということも推測できる。彼女はどこにいるのですか？」

「全く、君の推理通りだ。春子さんはドアの外に待たせてある」

「すみません、警部」わたしは尋ねた。「ここまで連れてこられたのなら、このまま警部が護衛してはどうですか？」

「だから、警察が個人を護衛するのは法的に限界があるんだよ。ここに連れてくるだけでも、かなり危ない橋を渡ってるんだ」

「君、警部を困らせてはいけないよ。そもそも、警部に彼女の護衛は無理だ」

「どういうことだい？」わたしは尋ねた。

「メリーさんが神出鬼没のストーカーだということを忘れてはいけない。警部の手に負えるものじゃない。そもそもメリーさんが事件を起こしたのは今回が最初ではない。そうですね、警部？」

「ああ。メリーさんは過去に何度か事件を起こしている」警部は言いにくそうに言った。

「被害者はどうなりました？」Σは尋ねた。

「死亡した。多くは原因不明だ」

「死因は他殺じゃないんですか？」わたしは尋ねた。

「不明なんだ。単に心肺が停止したとしかいいようがないらしい」

「いったいどんな手を使ったんだろう、Σ？」わたしは尋ねた。

「殺害方法は重要ではない」Σは言った。「それとも、今回の依頼は殺害方法を知ることですか、警部？」

「いや。今回の依頼は彼女を守って貰うことだ。殺害方法がわかるに越したことはないが、それは二の次だ」

「それでは、彼女に中に入っていただいていいですか？」Σが言った。

「もちろんだ。彼女を助けられるのは君だけだ」警部はドアを開けた。「竹内さん、中に入ってください」

入ってきたのは、若い女性だった。今時の若者らしく、ラフな格好と奇抜な髪形をしていた。

「初めまして、竹内春子といいます」

わたしは軽く会釈した。

Σはちらりと見ただけで、それ以上の興味は示さなかった。おそらく、彼女の容姿に事件解決へのヒントはなかったのだろう。

携帯電話の呼び出し音が鳴った。

春子はびくりとし、ポケットから携帯電話を取り出し、画面を見た。「メリーさんです」

「ちょっと見せて貰っていいですか？　なるほど、番号表示がないですね」Σはそのまま電話に出た。

「あっ」春子は驚いたようだった。

「えっ？　また、電車に乗ったのか？　どうして、彼女の居場所がわかるんだ？　携帯のGPSは切ってあるのに。……もしもし。……切れた」

「メリーさんと話したのかい？」わたしは尋ねた。

「ああ。いったん春子さんが住んでいるマンションの前まで行ったが、そこからまた駅に引き返したらしい」

「メリーさんは春子さんの居場所を摑んでいるのだろうか？」

「どうだろうか？　今のところ、駅に引き返しただけなので、この場所を把握しているかどうかは……」

電話が鳴った。

Σはすかさず、電話を取った。「メリーさんか？　今、どこだ？　なるほど。了解した」

「どうだ？」わたしは尋ねた。

「こちら方面に向かっているのは確かだ。確実な証拠はないが、ここを知っているのはほぼ間違いない」

「どうする？　また春子さんに移動して貰うか？」

「それでは、きりがないだろう。僕はここでメリーさんと決着を付けるつもりだ」

「でも、メリーさんは防犯カメラにも映らずに近付けるんだろ？　そんなやつとまともに渡り合って大丈夫か？」

「まともに渡り合うとは誰も言ってないよ。もっとも、まともに渡り合ってもよもや負けることはないだろうが、念には念を入れるべきだろう。今回は依頼主の命が掛かっているのだから」

「具体的にはどんな手を使うつもりだ？」

「毒を以て毒を制す」

「だから、具体的に言ってくれないか？」

「つまり、ストーカーにはストーカーをぶつけるということだ」

「それはつまり、メリーに対し、春子さんを狙う別のストーカーをぶつけるということか？」警部が恐る恐る尋ねた。

「その通りです」Σはにこやかに言った。

「春子さん、メリーさん以外の別のストーカーもあなたを狙っているんですか？」警部は尋ねた。

「いいえ。そんなことはありません。ストーカー被害はメリーさんが初めてです」春子は驚いたように言った。

「Σ、春子さんは別のストーカーについて、心当たりはないようだよ」

「当然だ。ストーキング行為はこれからだからね」

「どういうことだ？　ひょっとして、これから誰かを金で雇うか唆《そそのか》すかして、春子さんのストーカーにするつもりなのか？」

Σは首を振った。「金で雇うアルバイトストーカーごときにメリーさんの相手が務まる訳がなかろう。メリーさんは電話の逆探知を擦《す》り抜け、ＧＰＳに頼らずターゲットの居場所を突き止め、防犯カメラにすら映らないというスーパーストーカーなんだぜ」

「じゃあ、どうするつもりなんだ？」

「だから、毒を以て毒を制す。スーパーストーカーによってスーパーストーカーを制すだ」

「スーパーストーカーなんて、そう何人もいないだろ」

「いや。複数存在するという噂を聞いたことがある」Σが言った。「今までは特に興味がなかったので、聞き流していたのだが、今回のことから案外信憑《しんぴょう》性があるのではないかと考えたのだよ。警部、スーパーストーカーについての情報をいただけますか？」

「待ってくれ。わしもストーカーは専門ではないのでな」警部は携帯電話を取り出し、どこかに掛け始めた。「もしもし、わしだ。例の奇妙なストーカーの件で電話しとるんだが、ここ最近同じような事件は起こってないか？　メリーさん以外で。……えっ？　ああ。なるほど。……Σ君、やはり何件か起こっているらしい。だが、被害者間に共通点はないとのことだ」

「すばらしい。共通点がないということは特にストーキングの対象に条件はないということですから。つまり、春子さんもストーキングされる可能性がある訳です」

「そんな可能性あんまり嬉しくないんですが」春子は当惑しているようだった。

「いいえ。そのストーキングされる可能性こそが救われる可能性でもあるのです。警部、スーパーストーカーについての事例を教えていただけますか？」

「ちょっと待ってくれ」警部は再び携帯電話の相手と話し始めた。「もしもし。それらのストーカー案件の詳細はわかるか？ ……えっ？ 言いたくない？ どうして？ ……呪いの拡散？ 何を言っとるのか、全くわからんぞ。つべこべ言わず教えろ。……えっ？ 何があっても知らない？ そんなこと心配して貰う必要はないぞ。……何？ もう送った。よし、わかった」警部は電話を切った。「Σ君の端末に送ったそうだ」

Σは端末を取り出した。「なるほど。興味深い」Σは数秒間画面を見た後、唐突に尋ねた。「春子さん、あなたはカシマさんについてご存知ですか？」

「誰ですって？」

「カシマさんです」

「知りません」

「第二次世界大戦中の空襲で亡くなった女性です」

「そういう方は山ほどいるんじゃないですか？」

「ええ。その中にカシマさんがいたのです」

「そういう苗字の人もいるでしょうね」

「で、その女性がやってくる訳です」

「ええと。さっき空襲で亡くなったっておっしゃってなかったですか？」

「そういうことになっています」

「亡くなった人が来るんですか？」

「そういうことになります」

「ゾンビか何かですか？」

「その点についての情報はありません」

「だったら、ゾンビだと思っていいですか？」

「ええ。構わないと思います」

「でも、戦後相当経ってますよね」

「それはもうかなり経ってますね」

「ゾンビって腐ってるんですよね」

「会ったことがないので、はっきりとは言えませんが」

「ゾンビって腐ってるもんでしょ」

「だったら、腐ってるんでしょう」

「戦後ずっと腐り続けたら、なくなったりしませんか？」

「じゃあ、あなたの思っているゾンビとは違うのでしょう」

「違うって何が？」春子は食い下がった。「ゾンビではないってことですか？　それとも、腐らない特別なゾンビってことですか？」

「特別なゾンビとおっしゃいましたが、一般的なゾンビって見たことがありますか？」

「映画とかでしょっちゅう見てますが」

「それって映画ですよね」

「はい」

「現実と虚構はたいてい違うものです」

「はあ」春子は気の抜けたような顔をした。「ということは現実のゾンビは腐らないんですか？」

「ゾンビだとしたらですが」Σは言った。

「で、カシマさんはゾンビなんですか？」

「ここはもう拘《こだわ》らないことにしましょう。危機が迫ってるので」

「ええと。この話はわたしの危機に関係してるんですか？」

「していますよ」

「じゃあ話を続けてください」

「で、カシマさんは質問してくるのです」

「カシマさんは話せるんですね。ゾンビなのに」

「カシマさんは話せます。ゾンビかどうか知りませんが」

「何を質問してくるんですか？」

「『脚要るか？』とか『手要るか？』とか」

「それって、誰の手脚のことですか？」

「いい質問ですね」

「わたしの手脚だったら、当然要ります」

「では、そう答えてください」

「えっ？　カシマさんがわたしに会いに来るんですか？」

「ええ。今日の真夜中に」

「どうしてですか？」

「あなたが今、カシマさんの話を聞いたからです」

「どうして、そんな話をしたんですか？」

「必要だったからです。ところで、テケテケってご存知ですか？」

「さあ。子供向きのアニメか何かですか？」

「冬の北海道で女性が列車に轢《ひ》かれたのです」

「そんなアニメなんですか？」

「アニメではなく、実話です」

「まあ、そういう事故もあったでしょうね」

「列車はちょうどその女性の胴体の真上を走ったのです」

「ちょっとえぐいですね」

「そして、身体は分断されてしまいました」

「やっぱりえぐいですね」

「ところが冬の北海道はとてつもなく寒いので、血管が収縮して殆ど出血がなかったため、その女性は数分間、生き永らえて周りに助けを求めたが、誰もどうすることもできずやがて死んでしまったということです」

「いや。いくら寒くても動脈が縮んで、血が止まったりしないでしょ」春子は突っ込んだ。

「そこはそういうものだとして、聞き流してください」

「わかりました。聞き流します。それで、そのテケテケがどうかしたんですか？」

「あなたのところに来ます」Σは言い切った。

「それも来るんですか？」

「はい」

「というか、その人も死んでるんですよね」

「まあ、死んだとなってますからね」

「じゃあ、またゾンビですか？」

「よくわかりませんね。本人が来たら聞いてみてください」

「おい、Σ君」警部が言った。

「何ですか？　まだ、話の途中なのですが」

「そのカシマさんとか、テケテケとかの話だけどね、本当なのかね？」

「僕は知りませんよ。今さっき、警察から送られてきた報告書に書かれていたんですから」

「ということは、つまりその二人もスーパーストーカーなのか？」

「書いてある通りなら」

「わしも聞いてしまったじゃないか！」警部はがたがたと震え出した。「そしたら、わしのところにも来るんじゃないか？」

「来るでしょうね」

「そんなものに来られては困るのだが」

「わたしも聞いてしまいましたよ」わたしは言った。「Σ、これはえらい迷惑なんだが。彼らが来たら、どう対処すればいいんだい？」

「彼らが来るのは今日の真夜中だ。だから、その時、この四人が一緒にいれば、個別に対処する必要はなくなる」

「四人いればなんとか倒せるってことかい？」

Σは首を振った。「人数はおそらく関係ない。相手はスーパーストーカーだからね。警察の記録にも、同時に十人が犠牲になったこともあると書かれている」

「おい」警部はその場にへなへなと座り込んでしまった。「いったい、どう責任をとるつもりなんだ？」

「ところで、春子さん、少しだけ一緒に外出していただけますか？」Σは言った。

「ストーカーが近付いてきているのに、外出なんかして大丈夫か？」わたしは尋ねた。

「メリーさんの接近速度から概算して、ここに到着するのはほぼ真夜中の少し前だ。今はまだ宵の口だから大丈夫だよ」

「どこに行くんですか？」春子が尋ねた。

「事務所の前に公衆電話がある。そこから電話をするのです」

「電話なら、携帯がありますが」

「手続き上、公衆電話を使う必要があるのです」

「わかりました」

わたしが止めようとするまもなく、二人は外へと出た。

わたしは床に蹲《うずくま》って震えている警部を尻目に二人を追った。

「この公衆電話から自分の携帯に電話を掛けてください」Σは春子に十円玉を渡した。

「そんなの意味ないですよ」

「一見、そう思いますが、重要なことのようです」Σは端末を見ながら言った。「原理の解明は後でいいのです。効果があるなら取り入れる。これが実用主義というものです」

「はあ」春子は納得がいかない様子だったが、とりあえず電話を掛けた。

当然、春子の携帯が鳴った。

Σは電話をとった。「では、公衆電話から、さとる君に呼び掛けてください」

「誰？」

「さとる君です」

「だから、さとる君て誰？」

「わかりません」

「はあ？」

「正体など後で解明すればいいのです。とにかく今使えるものを使うのです。これが
……」

「実用主義ね。わかったわ。で、さとる君になんて言えばいいの？」

「『さとる君、さとる君、お越しください』」

　春子はそのまま復唱した。

「では、電話を切ってください」

「これでいいの？」

「後は待つだけです。事務所に戻りましょう」

　事務所に戻ると、ほどなく電話が掛かってきた。

　Σがすぐにとった。「えっ？　なんだ、メリーさんか。今、どこだ？　ちょっと早いな。どこかで時間を潰してからきてくれ」

「すっかり友達みたいになってるぞ」わたしは指摘した。

「ストーカー相手に気を使ってなんかいられないからね。……おや。また電話だ。……。もしもし」Σは電話のマイクを押さえた。「さとる君だ。……いや。間違いじゃない。これは竹内春子の電話だ。僕は春子の代理のものだ。……そういうのは前例がないって？　何事にも最初はあるだろ。それで、現在地は？　……ジャンジーラ駅？　そんなところからじゃなく、もっと近くから出発してくれないかな？　……もしもし。もしもし」

「どうしたんだ？」わたしは尋ねた。

「切りやがった」

「腹を立てたのか？」

「というよりは、混乱したみたいだったよ」Σは肩を竦《すく》めた。

「そうだろうね。もう我々は慣れっこになっているけど、君と会話する人は最初、戸惑うだろう」

　電話が掛かってきた。

「もしもし。……また、メリーさんか。場所は？　……ええと。お願いがあるんだけど、三丁目のファミレス、今日開いてるかどうかみてきてくれるかな？　悪いけど、よろしく」

「あそこはいつでも開いてるだろ」わたしは言った。

「知ってるさ。このままじゃ、ちょっと早く着き過ぎるから、時間調整のために頼んだんだ」

　電話が掛かってきた。

「もしもし。……さとる君、もう少し急いでくれないかな？　……いや。そちらの事情は重々承知しているんだけどね。あんまりのんびりしてると、キャンセルせざるを得なくなる。……キャンセルは受け付けないって？　……いや。こっちの手違いで、ダブルブッキングしてしまってね。もう一方が先に来たら、そっちを優先することになる。……困るって言われてもね。こっちだって、先に来た方を帰したり、待たせたりする訳にはいかないから。……。じゃあ、できるだけ急いで。午前零時には到着するように頼むよ」

「あの訊いてもいいですか？」春子がおずおずと尋ねた。

「ああ。何ですか？」Σが言った。

「さとる君というのもゾンビなんですか？」

「う〜ん。彼の場合、ゾンビとは違うかもしれませんね。スーパーストーカーではあるけど」

「つまり、今晩、ここに四人のスーパーストーカーがやってくるってことですか？」

「その通りです。あなたは飲み込みが早い」

「困ります」

「いや。僕はあなたが困らないようにしているのです」

「でも、四人も来るんでしょ」

「まあ、人かどうかわからないので、四体としておきましょうか？」

「一体でも厄介なのに、四体も来たら、とても対処できないじゃないですか！」

「どうしてですか？」

「どうしてって、あなたメリーさん一体に対処できるんですか？」

「それは難しい質問だ。できるとも言えるし、できないとも言える」

「どっちなんですか？」

「つまり、わたし一人が生身で対処できるかというとノーです」

「ほら、白状した」

「白状も何もこれは純然たる事実です。それ以上でもそれ以下でもありません」

「四体のうちどれか一体でも対処できるのですか？」

「それも難しい質問だ。できるとも言えるし、できないとも言える」

「どっちなんですか？」

「四体のそれぞれを生身のわたしが個別に撃破できるかというとノーです」

「じゃあ、だめじゃないですか！」

「駄目ではありませんよ」

「でも、状況はさらに悪化したじゃないですか！」

「いや。悪化した訳ではなく……」

携帯電話が鳴った。

「もしもし。……ああ。メリーさんか。……ファミレスの場所がわからないって？　三丁目の交差点の角のところだ。……交差点に来ているが、ファミレスがないって？　ああ。わかった。別の方の交差点に来ているんだ。僕の言った交差点は信号機のない方だ。そこから、北に向かってくれ。別に急がなくていいから、よろしくお願いするよ」

「急にメリーさんが道に迷うようになったのは不思議だね」わたしは言った。

「別に不思議ではない。メリーさんはターゲットを目指す時はほぼ正確に位置を特定できるが、それ以外のものや場所については、正確な位置を摑むことができないようだ」

「今のように用事を言い付け続けたら、永久にわたしに到達しないいんじゃないかしら？」

春子が提案した。

「それはどうでしょうか？」Σは首を振った。「今回はたまたま依頼を聞いてくれましたが、これはあくまでメリーさんの好意によるものです。次々と用事を言い付け続けたら、どこかで拒否される公算が高いのですよ」

「やってみなければわからないじゃないですか？」

「いや。僕は単純に到達を遅らせようとしている訳ではありません。永久に到達させずにおこうとしているのではなく、ある特定の時刻に到達させようとしているのです」

「意味がわからないんですけど」

携帯電話が鳴った。

「もしもし。……さとる君？　……えっ？　まだそんなところ？　もっと急いでくれないと間に合わないんだけどね。……これが精一杯？　今のペースだと、間に合いそうもないね。いや。こっちはそれでも、構わないんだよ。別のが来るから。だけど、そっちは困るんじゃないか？　このままだと、手ぶらで帰る羽目になってしまうよ。……文句を言っている暇があるんだったら、先を急いではどうかな？」

「Σ、君はさとる君を贔屓《ひいき》しているのかい？」わたしは尋ねた。

「贔屓？　君にはそう見えるのかい？」

「だって、現に贔屓しているじゃないか。さとる君が遅れをとらないように、メリーさんに対しては、到着が遅れるように工作している」

「別に、さとる君に勝ってもらいたい訳じゃないんだよ」

「じゃあ、どうして、こんな工作を続けているんだい？」

「調整だよ」

「何を調整しているんだ？」

「到達時刻に決まっているだろ」

携帯電話が鳴った。

Σは電話をとった。「メリーさんか。……ファミレスは開いてたって？　ありがとう。じゃあ、次は四丁目のコンビニに……。えっ？　もう嫌だ？　嫌ってどういうことかな？……そんなことはしたくない？　だって、さっきはしてくれたじゃないか。……さっきはさっきだって？　いや。それは困るよ。いったん引き受けたなら、こっちも期待してしまうじゃないか。途中で止《や》めるんだったら、最初から引き受けないで欲しいってことだよ。それだったら、こっちもちゃんと手を打てたんだから、君が期待させるようなことを言うから、もうそれで段取りを組んでしまってるんだ。今更、断るなら、こんな言い方はしたくないけど、賠償問題に発展することだってあり得るんだ。……あと一回だけ？　どうして、あと一回ってそっちで勝手に決めるんだ？　……それはわかったから、とりあえずコンビニを見てきてくれ。話はそれからだ」

「Σ、今のやり取り、随分阿漕《あこぎ》なやり口じゃないか？」

「何、このぐらいなら、法的には問題ないよ」Σはすまし顔で言った。

携帯電話が鳴った。

「さとる君？　市内に入った？　いや。もう電話している暇があったら、もっと急いでくれないかな？　全然間に合わないよ。……電話で現在地を知らせるのもプログラムに入っているって？　でも、それで遅れたら、本末転倒じゃないか。電話している間に少しでも、進んだ方がいいって言ってるんだよ。……電話しながらも、進んでる？　いや。そうだとしても、電話せずに移動に集中した方が早いだろ。……だから、さっきから言ってるように、別に間に合わなくてもこっちは構わないんだよ。別のとこにも頼んでるから。……あぁ。二、三回電話連絡はすっ飛ばしていいから、とにかく三十分以内に来てくれ」

「Σ、ずいぶん厳しいね」

「まあ、さとる君はかなり遅れてるからね。他の連中も心配だけど、電話連絡の慣習がないみたいなんでね」


携帯電話が鳴った。

「メリーさん？　コンビニは閉まってた？　だったら、どこか開いてるコンビニ探してきてよ。……えっ？　なんでコンビニ探すのかって？　そりゃ、買い物のために決まってるじゃないか。……。何、買うのかって？　どうして、そんなこと、君に教えなくっちゃならないんだ？　……だったら、もう行かない？　さっきも言ったけど、君に探して貰うことで段取りしてあるんだ。今更、困るんだよ。……えっ？　賠償金は払ってもいいって？

そっちがその気なら構わないんだけどね。でも、君に支払えるかね？　結構、元手が掛かってるもんでね。じゃあ、いいよ。後で話し合おう」

「何の話なんですか？」春子が尋ねた。

「賠償問題だ。こじれたら、法廷に持ち込むしかないだろう」Σは時計を見た。「これ以上、時間稼ぎをするのは無理っぽいな。ただ、他の二体が真夜中に来るなら、このぐらいがちょうどいいとも言える。問題はさとる君の方だ」


携帯電話が鳴った。

「さとる君？　いや。だから、電話を掛けている暇があったら……。えっ？　もう着きそうだって？　頑張ったじゃないか。……もう建物が見えてるが、別のは来てるかって？　さあ。そろそろじゃないかな？　あれは誰だって？　誰かいるのか？　……暗い感じの女だって？　足はある？　……大怪我しているみたいだけど、足はある。なるほど。じゃあ、あれだ。カシマさんの方だ。どっちの相手をするのかって？　それはまあ仕事の早い方だよ。……話つけてくるって？　いや。それはそっちで勝手に決めて貰っても困……。もしもし。もしもし……切れた」

「何がどうなってるんですか？」春子が尋ねた。

「外で、さとる君とカシマさんが鉢合わせしたらしい。電話の内容から察するにちょっと険悪な雰囲気になりかかっているようだ」

携帯電話が鳴った。

「もしもし。メリーさん？　……はっ？　変なのに因縁つけられて、建物に入れないって？　どんな感じのやつ？　……暗い感じの女だって？　足はある？　……大怪我しているみたいだけど、足はある。じゃあ、やっぱりカシマさんだな。そこに男の子もいるんじゃないか？　……なんかえらい剣幕でカシマさんに文句付けて追っ掛けてるって？　それ、さとる君だよ。……えっ？　もう一人いた？　騒ぎに紛れてこっそり入ろうとしてたって？　どんなやつ？　……下半身がなくて匍匐《ほふく》前進している。それはあれだ。テケテケ。……叩きのめしてやるって？　もしもし。もしもし。……切れた。相当怒ってたよ」

携帯電話が鳴った。

「さとる君？　今、カシマさんを追っ掛けている。追っ掛けてたら、下半身のないのが喧嘩売ってきた？　それ、テケテケ。……えっ？　テケテケのそばにメリーさんいるよね？　女の子はテケテケ追っ掛けてる。で、カシマさんはメリーを追っ掛けてる？　……よくわからない？　みんな走りながら、ここから離れていってるのかな？　えっ。離れたくないから、建物の周りを走ってるって？」Σは警部に言った。「いったいどんな状況なのか、窓から外を見て貰えますか？」

だが、警部は相変わらず、床に蹲って震えたままだった。

「じゃあ、自分で確認しますよ」Σは窓に近付いた。

わたしと春子も後に続く。

街灯の光だけなので、あまりはっきりしないが、窓の外をぼんやりとした影が次々と通り過ぎていく。凄まじい速度だ。

「メリーさんもさとる君もゆっくり近付いてきていたのに、結構早いじゃないですか」春子が驚いたように言った。

「さとる君は結構だらだらしていたのに、ターゲットがとられそうだとなったら、急にスピードアップした。つまり、やればできるのです。今、ターゲットがとられそうだと気付いたので、フルスピードを出しているのでしょう」

影たちはさらに加速し始めた。びゅうびゅうと激しい風が吹き始めた。

携帯電話が鳴った。

「メリーさん？　えっ？　追跡と逃亡に集中したいので、しばらく電話できないって？

……息がどうしたって？」

携帯は突然切れたようだった。

携帯電話が鳴った。

「さとる君？　限界に近いって？　胸が苦しいって、どういうことだ？　もしもし。もしもし」

携帯は突然切れたようだった。

二体とも、電話連絡する余裕がなくなってしまったのだろう。

風音はさらに激しくなり、がたがたと建物が揺れ出した。

警部は蹲りながら、念仏やら題目やらアーメンやらを唱え続けていた。

四体のスーパーストーカーの疾走する音はどんどん高くなり、きーんとこめかみに響く音になったかと思うと、じょじょに微かになり、ほとんど聞こえなくなった。

「音の主たる周波数が超音波領域に到達したようだ。今、微かに感じる振動は音波の周波数の裾野に相当する部分だろう」Σが分析した。

「なんだか暑くないですか？」春子が言った。

「摩擦熱かな？　それとも、空気の断熱圧縮によるのかもしれない」

「そんな状態だったら、衝撃波が発生するんじゃないですか？」

「発生しているかもしれませんよ。ここは回転の中心なので、感じないだけという可能性もあります」

「心なし、光ってません？」

スーパーストーカーたちはあまりに高速なので、もはや一体ずつ見分けることはできなくなっていた。一本の筒のように見えた。いや。この建物を中心に回っているのだから、ドーナツ状になっているはずだ。それはうすぼんやりと光り始め、ところどころ鬼火のようなスパークが走っているのがわかった。音はもう殆ど聞こえない。振動も収まったようだ。

「本当に早くて、まるで止まってるみたいに見えますね」春子が言った。「携帯でメリーさんかさとる君に状況確認できないですか？」

「番号がわからないから、無理です」

「じゃあ、外に出て確認するしかありませんね」

「わっ!!」警部が顔を上げ、絶叫した。

「何ですか、いきなり？」わたしは言った。

「出てはいかん！　出てはいかんぞ!!」警部は言った。「外は危険だ」

「そうでもなさそうですよ」わたしは窓の外を見ながら言った。「暗くてよく見えないですが、静かなものですよ。……どうする、Σ」

「ふむ」Σは顎に手を当てた。「確かにこうしていても埒《らち》が明かないし、永久に閉じ籠っている訳にもいかない。ここは思い切って、外に出ようか」Σはドアに向かった。

「知らんぞ！　わしは知らんぞ！」警部は再び蹲った。

Σと春子とわたしはドアに近付いた。

「さあ。開けるぞ」Σがドアを開け放った。

かすかな熱、そして香ばしさが漂ってきた。

このにおいはどこかで嗅いだことがある。

目の前にはまるで止まっているチューブのように見える四体のスーパーストーカーの作りだす残像があった。

「Σ、あまりに速過ぎて、僕の目では一体ずつ識別できないのだが、君はどうだい？」

Σは無言で残像に顔を近付けた。そして、満足そうに頷いた。

「どうかしたのか、Σ？」

「君も顔を近付けて嗅いでみたまえ」

先ほどのにおいが強くなった。残像から漂っているらしい。

「つまり、どういうことなんですか？」

「こういうことだ」Σは残像に手を伸ばした。

「危ない!!」

動いているのがわからない程の速度のものに指が触れたりしたら、大惨事になってしまう。

わたしは慌てて、Σを止めようとした。

だが、彼の指はすでに残像に到達しようとしていた。

春子は目を背けた。

だが、惨事は起こらなかった。Σの指はなんと残像の中に入り込んでいた。

「速過ぎて止まっているように見えているのではない。本当に止まっているのだ。彼らは溶けて一体化してしまったのだよ」

「本当だ！」いつの間にか、横に警部が来ていた。目の前の黄色い物体を指で掬《すく》うと、口の中に入れた。「これは上等なバターだ」

Σも同じく口に入れた。「これはインドなどの南アジアで食用にされているギーという種類のバターオイルの一種だよ」

「ということは、スーパーストーカーたちは互いに追いかけ合いをした挙句、溶けてバターになってしまったんですか？」春子が尋ねた。

Σは頷いた。「完全に予測通りです」

警部は嬉しそうにバターをぺろぺろと舐め続けていた。

「それで、これをどうするんだ？」わたしは途方に暮れて尋ねた。

「こういう場合にすることは慣習上決まっている。そして、今回の場合、それが理論的帰結でもある」

「何だね、それは？」

「もちろん、パンケーキを焼くんだ。たぶん、僕は百六十九枚ぐらい食べられそうな気がするよ」

勝ち組人生

人生には勝ち負けがある。

これは事実だ。

本来、そうであってはならないとか、人間は本質的に平等だとかいう反論をするのは自由だけれど、それは事実に反している。そういうことは主義思想や宗教の話であって、現実世界の実状とはかけ離れている。

では、勝ち組と負け組の差はどこで生まれるのだろう？

そのことについて、わたしの人生を喩《たと》えに説明していきたい。

最初に断っておくが、わたしは勝ち組である。だから、わたしの視点は勝ち組のものでしかあり得ない。したがって、物事を一面からしか見ていない可能性はある。だが、それで問題があるだろうか？　負け組になりたいと望む人間はいない。だから、負け組の視点からの分析はさほど重要ではない。つまり、自分が勝ち組にさえなれれば、負け組が何をどう思おうと関係ないのである。

わたしの勝ち組人生は叔母の死に始まった。

叔母は独身で、他の親戚がいなかったため、わたしがその財産を相続することになった。叔母が亡くなったとき、その家の中には生活必需品以外には、預金通帳と日記だけしかなかった。したがって、わたしが相続した主なものはこの二種類だということになる。

叔母の預金は莫大なものだった。

叔母は独身で定年まで同じ会社に勤めていたが、おそらくその間の給与をすべて貯金していたとしても、この額にはとても到達しないだろうことはすぐにわかった。叔母はなんらかの方法で利殖を行い、財産を作ったのだ。そして、その財産はすべてわたしのものとなった。

さて、どうしようかしら？

ふと頭を過《よぎ》ったのは、この遺産があれば、これから働き続ける必要はない、ということだった。

このまま会社を辞めて、悠々自適に遊び暮らすというのはどうかしら？

その計画はとても魅力的に思えた。だが、頭の中のどこかで警報がなっていた。

この考えは本当に素晴らしいの？　人間はいくらでも堕落できる。楽ができるなら、できる限り楽をしようというのは、生物としては全く当然のことだ。だけど、人間には知性がある。充分なお金があれば、いくらでも自堕落な生活ができるけれど、それでいいんだろうか？　たとえ資産がいくらあろうとも、愚かな者にかかれば、数日で使い果たしてしまうこともありうる。せっかく与えられた幸運を自ら逃してしまうようなことは絶対に避けなければならない。

わたしは熟考した結果、今までと同じ生活を続けることにした。そして、この幸運のことは友人・知人や会社同僚たちには知らせないことにした。わたしが大金を持っていることを知れば、彼らの態度は変わってしまうだろう。そして、わたしが彼らの本心を見抜くことは極めて困難になる。知らなければ、彼らは今まで通り接してくるはずだ。わたしに資産があることを知らなければ、それを狙うこともない。友人を失ったり、敵を作ったりしないためには、隠しておくことは重要な戦略だ。

もちろん、自分自身は自分の資産のことを知っている。だから、どうしてもそのことがわたしの言動に影響を与えることだろう。それ自体は仕方がない。だが、なるべく態度が変わらないように気を付けなければならない。

わたしは相続を単なる幸運とは考えなかった。むしろ、叔母の資産を守るという使命を与えられたように感じていた。

これは叔母さんから受け継いだもの、叔母さんの意思そのものなのだから、わたしは絶対にそれを減らしてはいけない。むしろ、少しずつでも殖やさなければならない。叔母さんはそう望んだことだろう。

「君、最近、付き合いが悪くなったね」ある日、終業直後の職場で上司に言われた。「彼氏でもできたのかな?」

確かに、わたしは遺産を相続してから飲み会の誘いに応じなくなった。大事な叔母の遺産をアルコールの摂取とそれに伴う馬鹿騒ぎに費やしたくなかったからだ。叔母の遺産以外の金を使うという選択には意味がない。なぜならわたしは叔母からの遺産を殖やすという誓いを立てている。つまり、わたしが稼いだ金もまた直ちに叔母の遺産の一部となるのだ。だから、わたしが浪費していい金は全く存在しないことになる。そして、飲み会は浪費以外の何ものでもない。

「その発言はセクハラですよ」わたしは無表情のまま言った。

「えっ?」上司は目を丸くした。「すまない。そんなつもりで言ったんじゃなかったんだ。単なる冗談のつもりだった」

「あなたには冗談でも、わたしにとっては違うんです」

「いや。本当にすまない。どうか事を荒立てないでほしい」

「荒立てるか、どうかはわたしが決めることです。あなたの指図は受けません」

「そんなに虐《いじ》めなくてもいいじゃない。主任が可哀そうだわ」その場にいた同僚の竹内春《たけうちはる》子《こ》が言った。

彼女はわたしより少しだけ若い。だから、若いだけで女をちやほやするような頭の軽い男はみんなわたしより彼女を大事にする。それは理不尽で受け入れがたい事実だが、そんな男が多いのはどうしようもない。

わたしにできるのは、そんな愚かな男たちと彼らを利用する春子を軽蔑することだけだ。

「虐める？　わたしが虐めたってこと？　主任じゃなくて？」

「だって、今主任が言ったことは明らかに冗談だわ。それをセクハラだなんて言い掛かりにしか聞こえないわ」

「明らかに冗談って、どういうこと？」

「だから、主任は冗談のつもりで言ったのよ」

「主任が冗談のつもりで言ったかどうかなんて関係ないの。わたしがどう受け取るかよ」

「わかった。俺が悪かった。本当に申し訳ない。確かに、俺の独りよがりの冗談だった。それを君が冗談だと受け取れなかったんだから、百パーセント俺が悪い。申し訳ない」上司は深々と頭を下げた。「竹内さんも俺を庇《かば》ってくれてありがとう。だけど、悪いのは俺なんだ。だから、もうこれ以上、二人で言い争うのは止《や》めてくれ。二人とも全然悪くないんだから」

なんだか、喧嘩両成敗みたいな感じになってるの？　信じられない。わたしは全然悪くないのに。

わたしは黙ってその場を離れた。

世の中には金で買えないものがある。人々はそんなことをよく言う。確かに、それは真理だろう。だが、この言葉はひっくり返せば、世の中のたいていのものは金で買えるということを意味しているのだ。だから、所得や資産の額で、その人間の幸福度をおおよそ見積もることができるのだ。

もちろん、金は幸福そのものではない。だが、それは幸福に繋がる様々な価値と交換可能なのだ。だから、それは預金通帳に記入された残高の状態でもすでにそれと交換可能な幸福と同等の価値を有していると考えられる。

わたしは叔母の遺産を相続することによって、いっきに幸福度が上昇した。だが、春子はどうだろうか？

彼女は毎日のように飲み歩いている。よく言えば社交的だと言えよう。社内の様々なグループに属しているため、飲み会のメンバーは日々違うようだ。

また、服装も派手で、同じ服を着てきたことがないのではないかと思うぐらい多くの服を持っていた。

これほどの浪費家が多額の貯金を持っているとは思えない。だが、彼女にもまたわたしのように何かの幸運が降ってわいた可能性もある。

わたしは彼女の幸福度を知ることはできないかといつも気になっていた。

そして、突然チャンスは訪れた。

その日の昼休み中、春子は自分の席で何かごそごそと作業をしていた。

「竹内さん、ちょっとこれ訊《き》いていいかな？」上司が春子に呼び掛けた。

「はい。何でしょうか？」春子は即座に席を立った。

馬鹿なの？　今、昼休み中よ。どうして、仕事なんかするの？　わたしだったら、絶対に無視するわ。

その時、わたしは春子の机の上にカードのようなものが置きっ放しになっていることに気付いた。

春子も上司もこちらに背中を向けて、何か話し合っている。

わたしはできる限り、音を立てずに春子の机に近付いた。

それは銀行のカードだった。そして、数字列と文字列が書き込まれた付箋が貼りつけられていた。

わたしは即座に数字列と文字列を暗記した。

そして、自分の席に戻ると、こっそりとメモをした。

その直後、春子は振り向き、自分の席に戻った。

大丈夫。気付かれていない。

わたしは、家に帰り、その銀行のサイトにアクセスした。案の定、付箋に書かれていたのは、春子のＩＤ番号とパスワードだった。

あの子、机の上にパスワードを放置するなんて、なんて間抜けなのかしら？

もちろん、わたしは不正アクセスで、春子の預金を奪うつもりはなかった。わたしはただ、春子の幸福度を知りたかっただけなのだ。

ほどなく、春子の口座残高がパソコンの画面に表示された。

わたしは目を擦《こす》り、何度も桁を数えなおした。

思わず声を出して笑ってしまった。

まだ月初めだというのに、表示された金額は月給の半分もなかったのだ。もし、これが本当なら、春子の幸福度はわたしとは到底較べものにはならないことになる。

だが、わたしは目の前の数字を完全に信じた訳ではなかった。この口座は単なる給与の振り込み用であって、春子は自分の財産の殆《ほとん》どを別口座に預金している可能性もある。

その場合、彼女の幸福度はそっちの残高で決まる。

しかし、春子が他の口座を持っているかどうかはわからない。わたしはしばらくこの口座の動きを観察することにした。

金の動きは予想通りだった。毎日少しずつ残高は減少していった。そして、ついに給料日の一週間前に残高はほぼゼロになったのだ。

わたしは彼女に変化がないかどうか会社での行動をチェックした。

わたしは弁当を持参していたが、彼女は昼食をたいてい外で食べていた。ところが、驚いたことに、その日彼女はずっと事務室に座っていたのだ。

やはり資金が尽きたのかしら？

わたしは彼女に鎌を掛けることにした。

「竹内さん、今日はみんなと食べにいかないの？」

春子は一瞬ぎくりとしたような顔をしたが、すぐに笑顔になった。「ええ。今、ダイエット中なの」

「ダイエット？」わたしは彼女の身体を眺めた。「全然太ってなんかいないじゃない」

「いいえ。わたし、脱いだら凄いのよ。いいえ。いい方の意味じゃなくて、ぶよぶよなの。本当に着痩せするタイプで」

「本当？　自分で太ってるって思い込んでるだけなんじゃない？　ＢＭＩはいくらなの？」

「ＢＭ……何ですって？」

「ＢＭＩよ。ボディマス指数。簡単にいうと、肥満度を表す数字よ」

「ああ。わたし、そういうのは使わない派なんで」

「じゃあ、痩せてるとか、太ってるとかの客観的な基準はどうしてるの？」

「それはまあ、見た目でだいたいわかるじゃない」

「見た目？　よくないわね。そんなことしてたら、拒食症になっちゃうわよ」

「わたし、痩せ過ぎないように注意してるから、拒食症の心配はないわ」

「だから、痩せ過ぎになってないかはどうやって判断するの？　拒食症になってしまうと、本当は痩せているのに、自分は太っていると思い込んで、どんどん痩せてしまうのよ」

「痩せる分にはいいんじゃないの？　太ってるとメタボになるけど」

「何言ってるの？　メタボになったって、特に死亡率が有意に上昇するわけじゃないのよ。それに較べて、拒食症の死亡率は十パーセントという報告もあるわ」

「わたしは大丈夫。朝はたっぷり食べてるから」

「そう。だったら、いいけど」わたしは微笑《ほほえ》んだ。

この女、昼食代すらないんだわ。幸福度ゼロね。

朝、起きた時には身体は完全に悴《かじか》んでいた。あまりに寒くて震えることすら困難だった。敷布団はなく、板の間の上に新聞紙を敷いている。掛布団替わりの黴《かび》の生えた毛布には大きな穴がいくつも開いており、毛布が残っている部分よりも多いぐらいだった。

息が白い。

わたしは両手に息を吹き掛け、なんとか手の感覚を呼び戻そうとした。

やがて、カーテンのない窓から差し込む朝日を浴びて、なんとか起き上がれるぐらいには身体が解《ほぐ》れてきた。

のろのろと台所に向かい、冷蔵庫を開ける。冷蔵庫と言っても、もちろんスイッチは入っていない。

中には僅《わず》かばかりの食べ物が常温で貯蔵されている。今は冬なので、そこそこもっている。もちろん中には傷んでいるものもあるかもしれないが、まあ一口食べればわかるだろう。

わたしはすでに開封されているインスタントラーメンの袋を取り出した。そして、ペットボトルから少し白濁した水を鍋の中に入れ、続いて四分割したインスタントラーメンの一かけらを放り込んだ。そして、それを持って、床のコンクリートがむき出しになった部分に置いてある手作りの七輪の上にかけた。

震える手でマッチを点け、近所の廃材置き場から拾ってきた木材の破片を燃やす。しばらくすると、水は沸騰した。

わたしは大事にとってあるプラスティックのフォークでそれを啜《すす》った。温かいものを胃に入れて、わたしは漸《ようや》く人心地ついた。

部屋の中に大きな家具はない。

もちろんテレビやパソコンといった電化製品もない。そもそも、すでに電気が止められているのだから、そのようなものは無用なのだ。

ガスも止められているので、コンロもない。風呂の残骸は残っているが、もはや使用することはない。

水道は命に関わるから滞納しても止められることはないと聞いていたが、数か月の滞納であっさり止まってしまった。

考えてみれば、ここは砂漠ではないのだから、家の水道が止められたからといって、すぐ命に関わることはないのだ。公園などの水道を使うこともできるし、雨水をためることもできる。いざとなれば、近くの比較的綺麗な川の水を煮沸して使ったり、自分の家に井戸を掘ったりしてもいい。飲料水とは認められないだろうが、自己責任で飲む分には自由だ。

家はかなり老朽化しており、歩くたびにぎしぎしと音を立てるが、大きな地震や台風が来なければ倒壊することはないだろう。ここは貸家ではなく、わたしの持ち家だ。だから、家賃を滞納して追い出されることはない。築七十年ということを勘案しても、相当に安かった。所謂《いわゆる》事故物件だったとのことだ。

殺人があったからといって幽霊など出るものか。馬鹿馬鹿しい。

不動産屋は土地のみを売ったつもりらしかった。まさか、この家に住むとは思っていなかったらしい。

だが、買ったからにはどう使おうがわたしの自由だ。

壁のところどころに穴が開いているが、粘土を詰めてあるので、問題はない。同様に割れたガラスは段ボールで補強してある。

わたしは服を着た。布切れを集めて自分で拵《こしら》えたのだ。裁縫はうまくないので、ぶかっこうで色もめちゃくちゃだが、そんなことは構わない。要は保温ができればいいのだから。わたしは保温のため、寒い時は何枚も重ね着をする。

わたしはのろのろと歩き、玄関の引き戸を開け、外に出た。

冬の黄色い日光が眩しい。

玄関の鍵だけは頑丈なものにしてある。それも二重だ。

どんな生活をしてようと、他人がわたしの生活空間に入ることは絶対に許さない。それがわたしのポリシーなのだ。

まだ、通勤時間帯のようで、外には足早に歩くサラリーマンたちがいた。

だが、みんなわたしがいないかのように通り過ぎていく。最初は奇異なものを見るような目でわたしを見ていたが、最近はずっとこんな調子だ。きっと、わたしを見過ぎて見飽きてしまったのだろう。

近所の公園に向かうと、子供たちが集まってきた。

不思議なもので、子供たちはいつまで経ってもわたしを無視するようなことはなかった。

本当に鬱陶《うっとう》しい。

「おい。ホームレスばばあがきたぞ!!」子供の一人が叫んだ。

失礼な。わたしにはちゃんとした家があるのだぞ。

だが、わたしは声に出して反論しない。子供相手に本気になるのが馬鹿馬鹿しいからだ。

わたしは公園のトイレに入る。

排便はたいていここで済ませる。もっとも、切羽詰まった場合は近所のドブを使うこともあるが、それは本当に緊急の場合だけだ。

排便を済ませ、手を洗うついでにペットボトルに水を入れていると、公園の管理人がやってきた。

「すみません。ここは水を汲むところじゃないので止《や》めていただけますか？」管理人は無理難題を吹っ掛けてきた。

「水を出してはいけないの？　だったら、なぜここに蛇口がついてるの？」わたしは反論した。

「それはつまり、トイレを使った人が手を洗うためです」

「どう使おうが使う人の自由じゃないの？」

「いいえ。違います。ここの水は市が管理しています。だから、市の指定する以外の用途には使わないでください」

「市が管理しているの？　だったら、市民のものなんじゃない？」

「まあそうとも言えますが……」

「市民のものを市民のわたしが使ってはいけないわけ？」

「いや。市のものだから、市民が勝手に使っていいというものではありません。例えば市役所の中にはパソコンやプロジェクターなどの備品がありますが、それを市民が勝手に使う訳にはいきません。それと同じです」

「それも変な話だわ。わたしたちのお金を強制的に集めて、それで買ったものを使うことすらできないなんて、一種の搾取なんじゃない？」

「搾取ではありません。市役所の備品は市民サービスのために使用されています。ところで、あなたは税金を払っておられるのですか？」

「何？　わたしが税金払ってなかったら、どうだというの？　わたしは市民じゃないってて？　わたしに選挙権がない？　税金を払ってないやつは、市民と認めるな。選挙権も剝奪しろ。サービスも受けさせるな。そういうこと？」

「そんなことは一言も言ってませんよ」

「だったら、どうして税金の話なんか持ち出したのよ？」

「単なる疑問ですよ」

「じゃあ、税金を払っていなくても、水を使っていいのね」

「そんなことも言ってませんよ」

「じゃあ、何が言いたいの？」

「だから、この水はトイレの手洗い用で、それ以外の用途での使用はご遠慮くださいということです」

「この水はあんたの水？」

「いいえ」

「だったら、わたしが使っても、あなたには何の損もない訳でしょ」

「そういう話ではありません。その水はわたしのものではありませんが、わたしは市に雇われている身ですから、市の財産を守るのは当然のことです」

「ああ言えば、こう言うのね」

管理人は溜め息を吐《つ》いた。「いちいち屁理屈を捏《こ》ねているのはあなたではないですか」

「じゃあ、わたしはどうやって生活用水を手に入れればいいの？　水がなければ料理できないし、飲み水がなくては死んでしまうわ」

「ちゃんと水道局と契約することをお勧めしますね。そうすれば、家庭の蛇口を捻《ひね》れば水が手に入ります。それから、飲み水なら、コンビニでも手に入ります」

「お願い！　わたしを助けて！」わたしは管理人の前に跪《ひざまず》いた。「水道代を滞納して、水を止められているの。いいえ。水だけじゃないわ。電気もガスもよ！」

「それはお気の毒ですが、それとこれとは関係のないことです」

「随分、冷たいわね。あなた公僕じゃないの？」

「そういう人もいますね。でも、自分では労働者だと思ってますよ」

「市民に死ねと言うのね」

「そういうことは一言も言ってませんよ」

「じゃあ、どうすれば水が手に入るの？」

「そうですね。まずは社会福祉事務所に行ってください」

「そこに行けばただで水を貰えるの？」

「ただではありません。社会福祉事務所に行って相談すれば、生活保護が支給されるかもしれないということです」

「何、それ？」

「生活費が貰えるのです。それを水道代に充てればいいでしょう」

「冗談じゃないわ!!」わたしは激しい怒りを感じた。「せっかく貰えた生活費を水道代なんかに使えるものですか!! 馬鹿にするのもいい加減にして!! わたしはただで水を手に入れる方法を訊いているのよ!!」

「でも、生活保護が支給されたら、ただで水道を使えるようなものですよ」

「全然、違うわ!! 生活保護が支給されたとしても、わたしは水道代なんか絶対に払わないから!!」

管理人は首を振った。「だったら、わたしに言えることは何もありませんよ」

「じゃあ、黙ってて」わたしは再び水を汲み始めた。

管理人はまた何か言おうとしたが、わたしが睨《にら》み付けると肩を竦《すく》めて去っていった。

春子の預金残高がほぼゼロになって三日後、突然ほぼ一か月分の給料に相当する金額が振り込まれていた。

やっぱり……。

わたしは心底落胆した。

きっと、別口座を持っていたのね。この口座は一時的にお金を置いておくためだけの口座なのかもしれない。結局、春子は幸せだったたって落ちか……。

でも、不思議だわ。どうして、そんな面倒なことをするのかしら？

わたしは過去に遡《さかのぼ》って、口座への金の出し入れを調べることにした。

今回、振り込んだのは、春子本人のようだ。そのような振り込みは給料日前に残高がほぼゼロになってから数日後に行われることが多い。そして、それ以外の振り込みは会社からの給料だけ。

引き出しの方はぱらぱらと細かいものが多かった。本人の引き出し、公共料金、クレジットカードの支払い……。その中で、特に目を引くものがあった。月末にごそっと引かれている。数年前から始まっており、だんだんと額が増えている。最近では給料のほぼ半額に達している。

引き落としているのは、聞いたこともない名前の会社だった。念のため検索すると、どうやら消費者金融らしい。

再びわたしに笑顔が戻った。

春子は幸せなどではなかったのだ。それどころか、毎月消費者金融の支払いに追われている。

じゃあ、給料日前の振り込みは何だったのかしら？　ああ。なるほど。あれは消費者金融からの借入金だったのね。給料日までに預金残高がゼロになったら、彼女は消費者金融から生活費を借りて補てんしていたんだわ。でも、返済額より借入金の方が多いところを見ると、きっと負債額はどんどん増えてるはずだわ。でも、毎月、こんなにも借りたりして大丈夫だろうか？　まあ、わたしが心配する事じゃないか。

次の日、会社に行く途中で、春子を見掛けた。

これ見よがしに派手な服を着て歩いている。また、新しい服を買ったようだ。

「あら。竹内さん、新しいお洋服？」わたしは声を掛けてみた。

「ええ。そうなの。昨日の帰りに可愛いのを見付けたから」春子がわたしの服をそれとなく見たのがわかった。おそらく値踏みしているのだろう。「いいお店を見付けたの。今度一緒に行ってみない？」

お生憎《あいにく》様。わたしは服なんかにお金を使うような趣味はないわ。この服は五年前に買った特売品よ。多少汚れが目立ってきたけど、まだまだ充分着ることができるわ。会社の通勤に使うんだから、これで充分よ。

「ええ。今度一緒に行きましょうね」わたしは社交辞令で応えた。

「ところで、少しお願いがあるんだけどいいかしら？」

「何かしら？」

「ちょっと恥ずかしいんだけど、少しお金を貸して貰えないかしら？」

わたしは目が飛び出るほど驚いた。

この子、借金を申し込んでるの？

「どうしたの？」

「わたし、定期預金をしてるんだけど、今月間違って多めに定期預金に入れちゃったんだ。だから、生活費がちょっと苦しくなって。次の給料日には絶対に返すので、お願いできないかしら？」

「いったいどれぐらい必要なの？」

春子は給料のほぼ半分の額を提示してきた。

わたしは目を剝《む》いた。「えっ？　それって本気なの？」

「あら？　びっくりさせたかしら？」

「昼御飯ぐらいなら奢《おご》ってあげてもいいけど、いくらなんでもそれだけの額はあげられないわ」

「貰うんじゃなくて借りるって言ってるんだけど」

いや。わたしはプロの金貸しじゃないから、取り立てなんかできない。あなたが返さなかったら、完全に泣き寝入りじゃないの。

「ごめんなさい。わたしもそんなに余裕ないのよ。いつも一緒にいるお友達に頼んでみたらどうかしら？」

「それがもう頼んだのよ」

「断られちゃったの？」

だとしたら、そうとう重症だ。友達にまで見放されたとしたら、救い様がない。

春子は首を振った。「断られてはないわ」

「だったら、その人たちに借りればいいじゃない」

「だから、もう借りちゃったのよ」

「じゃあ、問題ないんじゃない？」

「借りた分を使い果たしちゃったの」

まあ。そうなるでしょうね。

「お友達は一人じゃないでしょ。他の友達にも当たってみたら？」

「もう当たったわ」

「その友達には断られたの？」

「いいえ。断られてはいないわ」

「さっきと同じ展開？　じゃあ、もうそのお金も使っちゃったのね」

「ええ」

「じゃあもう片っ端から借金を申し込むしかないんじゃない？　まずは比較的親しい友達から始めて、最終的にはあまり親しくない人や単なる知り合いにも呼び掛けるの。お願いを聞いてくれそうな人の次には、けちで貸してくれなさそうな人にも駄目元で頼んでみる。こんな感じで、どんどん頼んでみるのよ。どう？　できそう？」

投げやりで、相当酷《ひど》いアドバイスだが、彼女に金を貸す気がない以上、こんなことぐらいしか思い付かなかったのだ。

春子は頷いた。「ええ。できるわ。というより、できたわ」

「できた？」

「それ全部やったわ。だから、あなたのところに来たの」

「つまり、わたしはあなたにとってあまり親しくない知り合いで、けちで金を貸してくれなさそうな人ってこと？」

「だって、そうでしょ」

「ええ。確かにそうね」

失礼な物言いだが、実際その通りだ。

「それでどうかしら？　お金を貸してもらえないかしら？」

「本気で言ってるの？」

「本気よ」

「可能性あると思う？」

「物凄く少ないと思う。だけど、ゼロじゃない」

「とても前向きね。いい心掛けだと思うわ。それで、答えだけど、ノーよ。落胆した？」

「いいえ。完全に想定通りだから」

「で、これからどうするつもりなの？」

「借金を頼む範囲をさらに拡大するわ。これからは知り合いでもなんでもない人たちにも借金を申し込むことにする」

「ちょっと待って。じゃあ、わたしはあなたにとって、最も親しくない知り合いってこと？」

彼女は頷いた。「ええ。もうぎりぎり知っている人って感じ」

「それは本当だし、別にこれ以上あなたと親しくなりたい訳じゃないけど、その言い方はなんか腹立つわ」

「ごめんなさい。もう本当にテンパってて」

「でも、どうするの？　わたしより親しくない人なんてもう絶対に貸してくれないわよ」

「わたしのこと可哀そうだと思う？」

「一般論としては可哀そうな状況だと思うわ」

「同情して、やっぱりお金を貸そうとか思わない？」

「思わない。そもそも同情してないし」

「じゃあ、せめて何か助言して」

「さっき、いろいろ教えたじゃない」

「あれはもう実行済みだって」

「だとしたら、もうあまり手はないわね。消費者金融に借りるとか。状況はさらに悪化すると思うけど」

「本当のことを言うと、間違って定期預金に入れたというのは嘘で、本当は消費者金融に返すお金が回らなくなったの」

ああ。知ってたけどね。

「最初、銀行に借金頼みに行ったら、なぜか消費者金融を紹介されたのよ」春子は話を続けた。「で、しばらくしたら、そこで借りられなくなって、さらに金利が高いとこ紹介されて。今借りてるとこが一番高金利なんだって」

「じゃあ、もうあとは闇金融とかしかないんじゃない？」

「何、闇金融って？」

「法律違反になるぐらい高い金利で貸し出す金融業者よ」

「なんでわざわざ法律違反をしてお金を貸すのかしら？」

「需要があるからよ」

「安い金利の合法的な金融業者があるのに、誰がそんな高いところから借りるの？」

「あなたのようなもうどこからも借りられなくなった人が借りるのよ」

「なるほど。だけど、金利が高いんじゃ、すぐに返せなくなるんじゃない？」

「その場合は、もっと高いところから借りるのよ。よくトイチとか言うじゃない」

「トイチ？」

「十日で一割の略よ」

「それって、年利三百六十五パーセントってこと？」

「単利だったらね。複利だったら、三千パーセント超になるけど。どっちにしても、普通は一年も、もたないと思うけど」

「そこに返せなくなったら、次はどこに借りればいいの？」

「もう次はないわ。そこで終わり」

「じゃあ、返せなくなったら、許して貰えるの？」

「そんな訳ないでしょ。強制的に清算させられるのよ」

「でも、ない袖は振れないわ」

「家や土地や株券など持ってる財産を根こそぎ持って行かれるのよ」

「それもない場合は？」

「親兄弟や親戚の財産が狙われるわ」

「でも、保証人になってなかったら、本人以外が支払う義務はないでしょ」

「理屈の上ではそうだけど、『おまえのとこの娘がどうなってもいいのか』と凄まれたら、払ってしまう親は多いんじゃないかしら？」

「それでも、払わなかったらどうなるの？」

「強制労働させられるんじゃない。女だったら、風俗とかに」

「それこそ違法じゃない」

「違法よ。だけど、闇金融がそんなこと気にしてる訳ないじゃない。それに、そんなのはまだましで、臓器売買させられたりとか、生命保険に入らされて自殺を強要されたりとか」

「やめて、背筋が寒くなった」春子はぶるっと震えた。「じゃあ、どうすれば、借金から逃れられるの？」

「自己破産するのが一番ね」

「ジコハサン？」

「法的に借金を帳消しにすることよ」

「あっ。それいい。それにするわ」

「でも、不動産や株なんかは全部手放さなくてはならないし、手元に残るお金は僅かで、今後何年間かは借金できなくなるのよ」

そう。それで彼女はほぼ無一文になる。つまり、幸福度はゼロよ。

「それって、ほぼ再起不能じゃないの？」

「そんなことはないわ。地道に働けば、また普通の生活が送れるようになるんですもの」

「わかった。教えてくれてありがとう。すぐには決められないけど、少し考えてみるわ」


今朝は一段と寒かった。身体ががくがくと震え、寝返りを打つのもままならない。

立ち上がろうとすると、部屋全体がぐるぐると回転した。わたしはそのまま再び床に倒れ込んだ。

息苦しい。そして、頭が割れるようだ。

はあはあはあと、息をする。

ごぼごぼごぼと咳が出た。

なんだか、まるで死ぬみたいな感じがするわ。

こんなに寒いのに、喉と胸が火のように熱かった。

全身の関節という関節が痛み、ぎしぎしと軋《きし》んでいる。

何か食べなくては……。

わたしは床を這いずりながら、台所へと向かった。

家の中の様々な影の中に小さな妖怪たちが佇み、じっとわたしの方を見詰めていた。

彼らは何も言わなかったが、わたしを呼んでいることはわかった。

一時間以上掛けてわたしはようやく冷蔵庫の前に到着した。しかし、立ち上がることができないので、冷蔵庫のドアが開かない。

誰か助けて。

だが、声は出なかった。

何か食べ物さえ食べれば、動けるようになるはずだ。

わたしは軋む身体を少しずつずらして冷蔵庫に密着させた。そして、蛇のように冷蔵庫の外側を這うように身体を持ち上げていった。

三十分もした頃、わたしの指はドアの取っ手に到達した。

満身の力を込める。

わたしの指はすっと取っ手からはずれ、そのままわたしの身体は落下し、床に激突した。

気が付くと、周囲は暗くなりかかっていた。

床に頭をぶつけて気を失っていたらしい。

目の前には血溜まりができていた。

わたしは自分の鼻に触れた。

まだ、出血が続いている。

食べ物を食べて体力を付ければ、大丈夫よ。でも、その前に水を飲みたい。身体の中がからからで空っぽな気がするもの。

わたしは目の前にある血を舐めた。

少し元気が出た。

はあはあと息をしながら、身体を床の上で回転させ、周囲の状況を確認した。

一メートル程離れた場所に洗面器があった。雨漏り用に置いたものだ。三日ほど前に雨が降ったから、あの中にはまだ雨水が少し残っているはずだ。

わたしはまず体力を回復させるために一眠りすることにした。

目覚めると、悪寒と頭痛はさらに激しくなっていた。

わたしは蛞蝓《なめくじ》のように這いずり、途方もない時間を掛けて洗面器に近付いた。

もはや持ち上げる力もなかったので、洗面器の端に手を掛け、ひっくり返した。

雨水の残りが床の上に流れ出した。

わたしはそれを吸い、そして舐めた。

舌と喉が少し潤ったような気がした。

さあ、次は食べ物よ。

わたしはもう一度冷蔵庫登りに挑戦した。

今度は慣れていたので、前より早く取っ手に手が届いた。そして、前より慎重に取っ手を掴み、ゆっくりと引き、ドアを開けた。

干からびた梅干しと黴の生えた握り飯、そして黒く縮んだハンバーガーがあった。

わたしは冷蔵庫の中に頭を突っ込み、まず梅干しを口に含んだ。

梅干しから力が流れ出し、わたしの身体に染み込んでいくような感じがした。

そして、握り飯。最初はかびた部分を削ってから食べようと思ったが、黴が身体に悪いと決まった訳ではないと思い直し、そのまま口に入れた。

酸っぱくてねばねばしていたが、わたしはそのまま飲み込んだ。

とてつもない不味《まず》さと臭さだった。

吐き気を感じる前に喉の奥から、物凄い勢いで胃液が噴き上がってきた。

わたしはせっかく摂取した食べ物を出すまいと手で口を押さえた。

だが、指の間から容赦なく、胃液は噴出した。

「うげぇえええ!!　ぼげぇえええ!!」

筋肉の急速な収縮で激しい痛みを感じた。胃の中はすぐに空になったが、それでも何かを絞り出そうというのか、筋肉は収縮を続けた。

おそらく胃痙攣が起こったのだろう。浅い息をするのがやっとの状態になった。

とりあえず、楽に呼吸できる体勢になろうとして、わたしは徐々に体を床の上に伸ばし仰向けに寝る体勢になった。

その時、また激しい吐き気を覚えた。

だが、吐くものはもう何も……。

いや。何か小さなものが残っていた。

それは食道から飛び出すと、すぐに気管に飛び込んだ。

「くぼぼぼぼ」激しい咳が出た。

と同時にまた嘔吐だ。

何度も噴水のように胃液が噴き上がり、それが口の中に戻っていく。

わたしは自分の胃液で溺れていた。

なんとか、顔を横に向けなければ……。

それは簡単な動作のはずだった。だが、朝からの体調不良と胃液による窒息のせいで、もはや意識は朦朧《もうろう》となっていた。

目の中に無数の黒い星が瞬《またた》いていた。

嫌よ。まだ死にたくない。まだまだ幸せを実感したいのよ。

わたしは自分の両手で自分の頭を摑み、強引に横に倒した。

首がごきりという音を立てた。

血が混じった胃液がいっきに床の上に流れ出した。
だが、息ができない。
息を吸わなければ……。
だが、喉が凍り付いたようになって、息が吸えなかった。
どうすれば、息が吸えるのか思い出すことができなかった。
わたしは目を見開いた。
急速に世界が小さくなっていくのがわかった。
酸欠で世界が消えていく。
「ぐはっ！」
喉の奥で奇妙な音がした。
同時に胸が膨らみ始める。
空気が体内に戻ってくる。
「ごぼぼぼごぼぼぼ」
激しい咳の発作に襲われた。だが、呼吸は止まっていない。わたしは生きているんだ。
新鮮な空気を吸い込んだことで少し頭がはっきりした。
わたしはきっと病気になったんだ。風邪かインフルエンザ。

あっ。インフルエンザって風邪の一種だったかな？　それとも、別の病気だったか。

まあ。そんなことはどうでもいい。どっちにしても、病院には行けないのだから、自分で治療する方法を考えなくては。

風邪薬が必要だ。風邪薬って具体的にはなんだろう？

インフルエンザにはなんとかいう抗ウィルス薬が効いたはずだ。

風邪はどうだったろう？　確か、風邪の特効薬を見付けたら、ノーベル賞が貰えるということだった。じゃあ、存在しないんだろうか？　でも、薬局には大量の風邪薬が売られている。あれは風邪薬ではないんだろうか？　症状を抑えるだけの薬？　今のわたしにはそれでもありがたい。

だが、新たに薬を買う訳にはいかない。薬を買うような金はないのだ。

まず家の中に薬がないか調べよう。

わたしは汚物に塗《まみ》れたまま、家の中を這いずるように調べて、いくつかの薬を見付けた。

胃薬、目薬、鼻炎用スプレー、保湿クリーム、消毒液、絆創膏。風邪薬はない。強《し》いて言えば、鼻炎用スプレーが症状的に近いかもしれない。あと消毒液で喉にくっついている細菌を殺せるかもしれない。どちらも効果はないかもしれないが、何もしないよりはましだろう。

わたしは鼻炎用スプレーを使った。

つんという感覚が頭の奥に広がり、すこしむせた。効果があるかどうかはっきりしない。

そもそも、わたしには鼻症状はなかった。

次に消毒液。これは明らかにうがい薬ではない。傷用の消毒液だ。だが、傷口の細菌を殺せるなら、喉の細菌だって殺せるだろう。

わたしは消毒液を口に含んだ。

やや甘い感覚を覚えた次の瞬間、凄まじい刺激に思わず口の中の消毒液をすべてぶちまけてしまった。

こんなもので、うがいなどできる訳がない。

だったら、病院か薬局に行くか？

いや。それは絶対に無理だ。ただで診察してくれる医者はいないし、ただで薬をくれたり助言してくれる薬剤師はいない。

いや。実際に薬を買わなくても助言はしてもらえるかもしれない。

わたしは近所の薬局に行く決心をした。

まずなんとか立ち上がらなくてはならない。

わたしはもう一度冷蔵庫に寄り掛かり、数十分掛けて、なんとか立ち上がることに成功した。次は一歩一歩進んでドアに到達することだ。

部屋の中は真っ暗だった。

今はいつだ？　晩なのか、夜明け前なのか？

じりじりと暗闇の中を手探りで進み、ついに玄関に到達した。

引き戸を開けると、氷のナイフのような風が吹き込んできた。

わたしの肺は縮こまり、激しい咳が出た。

玄関わきに骨だけになった傘を見付けた。誰かが捨てていったものだろうか？　わたしはなんとか、それを拾い上げ、杖代わりにして、歩き始めた。

薬局に行かなくては……。

わたしは薬局の場所を懸命に思い出そうとした。だが、ぼやけた地図が頭の中をぐるぐると回るばかりで、どうしても薬局の場所を思い出すことができなかった。

確かこの近所にあったはずだ。

わたしは闇雲に歩き始めた。

あまりの寒さに歯ががちがちとカスタネットのような音を立てた。心臓はばくばくと脈動し、頭痛はがんがんと耐え難いものになった。

風はさらに強まり、横殴りの雨まで降ってきた。

何時間も歩き回った後、漸く小さな薬局が見付かった。

わたしの行こうとしていた薬局ではなかった。それどころか全く見知らぬ店だった。だが、薬局は薬局だ。

わたしは震えながら、店内に入った。

「いらっしゃいま……」店員の顔が凍った。

「薬剤……師か？」わたしは尋ねた。

この女は薬剤師なのか、そうでないのか、それが問題だ。わたしが欲しいのは薬剤師の的確なアドバイスだ。

「違います」

がっかりだ。

「薬剤師……を出……して」

「すみません。この時間に薬剤師はいないんです」

薬剤師がいない！　なんて不運なの？　いや。この女だって、薬局に勤めているんだから、ずぶの素人よりはいくらかましなはず。

「インフルエンザ用の抗ウィルス剤と風邪薬を頂戴」

買うつもりはなかったが、一応訊いてみた。

「処方箋はありますか？」

「ない」

「すみません。薬剤師がいたとしても、抗ウィルス剤は処方箋がないと提供できません」

「じゃあ、……普通の風邪薬を……」

「どんな症状ですか？」

「見て……わか……らないの？」わたしは店員を睨み付けた。

「失礼ですが、相当お加減がお悪いようなので、一度病院に行かれた方がいいと思います」

「そんなこと、……あんたに……指図されたくない……黙って……薬を出して」

店員はおどおどと棚から薬を取り出し、レジ台に並べた。

「一般的な風邪薬はこれらです」

「寒気が酷い。……あと頭痛も……」

「じゃあ、熱があるかもしれないですね。鎮痛解熱剤はこちらの方が……」

「それ、全部頂戴」

「えっ？　はい。でも、一緒には飲めないですよ」

「指図しないで」

「はい。ええと、お値段は……」

「わたしは『頂戴』と言ったのよ」

「はい」

「買うとは言ってない」

「はっ？」

「『くれ』ってことよ」

「それは困ります」

「わたしの……この状態がわ……からないの？」

「わかりますが……」

「薬を飲まないと……死んでしまうの」

「だからこそ、病院に行かれた方が……」

「病院に払う金……はない。……薬に払う……金も」わたしは風邪薬を掴み、そのまま逃げようとした。

「あっ。お客様！」

だが、わたしは走ることができず、倒れてしまった。

風邪薬は手から転げ落ちた。

「あの。救急車、呼びましょうか？」店員は風邪薬を拾い上げた。

「返せ！」わたしは薬を取り戻そうと、店員の足首を摑んだ。

店員は悲鳴を上げた。

「薬を返せ!!」わたしは店員に指を喰い込ませながら、絶叫した。


春子は会社を辞めた。

その後、どこにいるのかはわからないが、以前と同じように銀行口座にアクセスすることはできるので、それでだいたいの状況はわかった。

口座の動きは突然落ち着いてしまった。つまり、入金も出金も殆どない状態になったのだ。これは消費者金融との取り引きがなくなったことを意味する。

可能性は大きく二つ。

一つはついに闇金に手を出して、とりあえず合法的な消費者金融への借金を返済したという可能性。

そして、もう一つは破産申請をして、免責が認められたという可能性だ。

もし、前者なら安定的な状態は長続きしないはずだ。闇金は彼女からすべての財産を毟《むし》り取ってしまうだろう。

後者なら、安定的な状態がある程度の期間続くことになる。その後はまた借金地獄に陥るか、心を入れ替えて、堅実な財産作りに向かうかのどちらかだろう。

わたしは銀行口座の残高を通じて、彼女の生活の監視を続けた。

収入は最初は不安定であったりなかったりしていたが、ある時を境に安定的に入るようになっていた。おそらくなんらかの定職についたのだろう。

給料だとすると、うちの会社にいた時と同じかやや多い程度だ。

わたしはやや不安になった。

このままだったら、彼女は貯金を殖やしてしまうかもしれない。あんな適当な人間が幸せになるなんて許せない。

わたしは春子がどのように財産を形成していくのか、それを確かめるために銀行口座の監視を続けた。

だが、安定した収入があるにもかかわらず、口座の残高は常に低いレベルを保ち続けた。ぎりぎり赤字にならない程度だ。

最初は貯金を諦めて、家などの不動産を購入したのかと思ったが、家賃が引き落とされており、住宅ローンの引き落としがないところからみて、ずっと借家暮らしのようだ。減額分はたいていい本人の引き出しが続いていたが、数年後にはクレジットカードの返済が始まった。どうやら、ブラックリストからはずれて、クレジットカードを作れるようになったらしい。そのこと自体はさほど理不尽だとは思わなかった。むしろ、そうやって簡単に買い物ができれば、彼女の破滅がまた近付いてくることになる。わたしは期待し始めていた。

銀行口座のある支店を変更していないことからして、彼女は転居していない可能性が高い。わたしは、会社帰りや休日に彼女の家の近くを歩き回って、彼女の生活について何かわかる材料はないかと探し始めた。

だが、人目もあるので、さすがに家の前で監視したり、ごみを漁《あさ》ったりはできない。

駅前や商店街を歩いて、彼女に偶然出会う機会をひたすら待った。

そして、ある時、わたしは彼女の姿を見付けたのだ。

前と同じように派手目な服装をしていた。

彼女は犬の美容室に入っていった。

犬を連れていなかったので、客ではなく店員だろう。

しばらくしてからウインドウ越しに覗くと、春子は犬の毛を刈っていた。

どうやらトリマーになったらしい。

トリマーって資格は要るのかしら？　春子が努力する様子は想像しがたいけれど。

わたしは時折、その店の前を通り、春子の様子を観察した。

春子の勤務態度に特に問題はないようだった。もっと、過激な展開を予測していたので、物足りなく思った。

そんなある日、店から出てくる春子に遭遇した。

わたしは偶然を装って、彼女に近付いた。

向こうがわたしに気付き、挨拶してきた。

わたしは挨拶されて初めて気付いたふりをした。「こんにちは。久しぶりね」

「こんなとこで会えるなんて思ってもみなかったわ」春子は笑顔で言った。「わたしの家、この近くなのよ」

「今、何してるの？」

「犬のトリマーよ」

「結構、儲かるの？」

「えっ？」春子は突然収入の話をされて戸惑ったらしい。

「ほら。あなた、借金で困ってたじゃない」わたしは声を落として言った。

「ああ。そういうことね。あれはもう大丈夫なの。あなたの助言通り、破産申請をしたら、ぴたっと催促はこなくなったわ」

「じゃあ、もう借金はないのね」

「消費者金融のはね」

「それ以外のはあるの？」

「普通のローンはあるわよ。買い物の代金とか。破産直後はできなかったんだけど、最近はできるようになったの」

「あんなことがあったのに、また借金しているの？」

「厳密に言えば借金だけど、このぐらい誰でもしてるじゃない」

いいえ。わたしは絶対にしない。

わたしは春子の派手な服装を見た。

わたしに言わせれば、服なんてものは裸を隠せて、暑さ寒さを防げればいいの。それ以上に着飾るのは全くの無駄遣いだわ。わたしがもし仕事をしていなかったら、今以上に質素な服装にしている。極端に言えば、単なる布切れを繋ぎ合わせたもので充分だ。

「返済の方はどうなの？」

「それはちゃんとやってるわ。トリマーの仕事の収入は前の会社と同じぐらいはあるし」

「でも、前はそれで借金地獄に陥ったんでしょ」

「大丈夫。ちゃんと使い過ぎないように注意しているから」

「それなら、安心だわ。あなたはきっと自己管理できるもの。ちゃんと節約して、そんなおしゃれができるなんてセンスあるわ」

わたしは彼女に助言するように装って浪費するように誘導した。

彼女の経済状態はまだ破綻はしていないが、決して安定している訳ではない。ここで、安心させて無駄遣いを続ければ、また破綻することになるだろう。

彼女のようないい加減な人間を幸福にさせてはいけないのだ。

わたしはそれからも彼女の預金の状態を観察し続けた。

わたしの誘導が効いたのか、それとも彼女の本性が徐々に表れてきたのか、少しずつ金遣いが荒くなっていくのがわかった。

以前のように、給料日前には預金は殆どゼロに近くなっていた。そして、給料が入っても引き落としで、どんどん消えていく。

わたしはそれからも、偶然を装って、彼女に会った。

服装は前にもまして派手になり、血色はよくなり、時にはイケメンの彼氏を連れていた。

わたしは男の値踏みをした。

大丈夫。金持ちではない。彼女が彼の金を当てにしているのではなく、彼が彼女の金――正確には、金遣いの荒さ――を当てにしているのだ。

彼女は自らの欲望に忠実に生きているため、自分の資産には頓着していない。それゆえ、いつまでたっても預金額は増えず、不幸なままなのだ。

それに引き替え、わたしの預金額は増える一方だった。

わたしは倹約に倹約を重ね、決して無駄遣いをしなかった。欲望に負けず、自らを律したおかげで、わたしはどんどん幸福になっていく。

十年が過ぎた頃、わたしと春子の幸福度の差はもう決して埋められないレベルに達していた。

彼女の生活は相変わらずだった。真面目に貯金をすることなく、日々面白おかしく暮らしていた。

わたしはそんな空しい真似はしない。ただ、預金通帳を眺め、そして自らの幸福を噛みしめる充実した毎日を送っていた。

わたしはいつしかテレビや携帯電話といった無駄なものを生活から排除していた。娯楽などというものは人生において意味のないものだからだ。

わたしは叔母の残した日記を読み耽《ふけ》った。

叔母の人生は幸福に満ちたものだった。それは晩年に近付くほどますます華麗なものとなっていった。

わたしはそんな叔母の輝かしい人生を自らのそれと重ね始めた。

そう。わたしは叔母の夢と幸福を引き継いだのだ。そして、それをさらに華やかで神々しいものへと成長させ続けている。

わたしもまた叔母のように自らの幸福な人生の記録を残したいと考えるようになってきた。


そろそろわたしの輝かしい人生も総決算の時期が近付いてきた。

あの女は、未だにつまらない人生を送っているようだ。たいした稼ぎのない男と結婚し、そして何人かの子供を作り、孫もできたようだった。

彼女は自分だけでなく、子や孫のために惜しげもなく、金を使い続けた。

だから、今や年金生活に入ったというのに、貯金は殆ど残っていない。さらに、そんな状況でも年金の殆どを使い切っているのだ。

もはや彼女は決して幸せにはなれない。今から心を入れ替えても手遅れなのだ。彼女は不幸の中で死んでいくのだろう。

いや。愚かな彼女は自らの不幸にすら気付いていないようだった。

謂《い》わば、究極の負け組といってもいいだろう。

それに対し、わたしは預金通帳を見て、自らの幸福を再確認した。

わたしの人生の集大成がここにある。わたしは人生に一片の悔いもない。なぜならわたしは完全に勝ち組となったからだ。

わたしは自らの幸福を一切無駄にすることなく、貯め続けた。だから、ここにわたしの人生のすべての幸福があるのだ。

わたしはごぼごぼと咳をした。

ぼたぼたと赤いものが床の上に滴《したた》る。

あの店員め、救急車なんか呼びやがって。

気が付いたら、入院していることになっていて、高額な入院代と治療費を請求された。

わたしはできる限りの罵詈雑言《ばりぞうごん》を喚《わめ》き散らして、病院を後にした。

何度か、治療が完了していないとか、病院を代わるなら紹介状を書くとか、いろいろ理由を付けて、病院に連れ戻そうと、やってきたが、暴れて「人攫《さら》い」だの「人殺し」だのと叫んでやったら、そのうち来なくなった。

もうちょっとで、わたしの幸福を掠《かす》め取られるところだった。

危ない。危ない。

おや。手がうまく動かない。

どうしたんだろう？

日記を書くのは、明日にしようか？

まあ、構わないゆっくりでも。今晩中に書けるところまでは書くことにしよう。

あの女は今頃、家族と一緒に暖かい部屋の中で、テレビでも見ながら笑っているのだろう。そして、きっと自分のことを幸せだと思い込んでいるのだろう。全く愚かでどうしようもない女だ。

あの女は本当の幸せというものを全く理解していない。

おそらくあの女の所持金はあの初めて会った数十年前と殆ど変わっていないはずだ。それに較べて、わたしの現在の所持金は数億円に上っている。どちらが幸福か、そしてどちらが勝ち組なのかは一目瞭然だ。

胸が痛い。

心ではなく、肉体が痛いのだ。最近はこういうことがよく起きる。しばらく我慢すればいいことだ。金を――わたしの幸福を人にくれてやるよりは痛みを我慢する方がまだ耐えられる。

眠くなってきた。頭がぼんやりする。

こんなことが前にもあったような気がしてきた。

そうだ。今、わたしは日記を書いているんだ。わたしの姪に託すために。
日記と、そしてこの預金通帳を姪に託すのだ。
そうすれば、たとえわたしの肉体が滅びてもわたしの幸福は生き続ける。
だから、日記で伝えなければならない。わたしの意思をあの子に。
おや。息が苦しくなってきた。
だけど、心配は要らない。わたしは姪にこの日記を託すんだ。
だけど、姪って誰だろう？
この日記は何？
そうそう。貰ったんだ。
誰から？
そうだ。叔母さんからだ。わたしは叔母さんから幸福を相続した。
胸が……。
今日はもう寝た方がいいのかもしれないね。
痛い。苦しい。助けて。
でも、わたしにはこのお金がある。お金があれば安心だ。わたしも姪も。
あれ？　姪はわたしだったか？

わたしが姪で。叔母さんから幸福を授かったんだっけ？

それとも、わたしが叔母でこれから幸福を姪にあげるのか？

なんだか、わからなくなってきた。

もう手があまり動かない。

冷たい。

わたしは、叔母？　それとも姪？

しばらく考えて、もう考えるのは止《や》めにした。

別にどっちだって構わないんだった。

だって、わたしの幸せはこの預金通帳なのだから、どっちが持ってようと関係ないんだ。

叔母から姪に幸せが繋がることが大事なのであって、わたしがそのどちらかだなんてことは実に些細《ささい》な事だ。

わたしは、寒いので、温かいものを食べたい。だけど、お金は使わない。なぜなら、お金を使うと幸せが減って、不幸になるから。だから、食べない。幸せの方が大事だから。

咳が出る。止まらない。薬を。薬が欲しいけど、ただで欲しい。なぜかと言うと、お金を使わないのだから、薬がただなので、幸せになる。

わたしは痛いから幸せの中で姪と叔母の幸せはあの女の赤い血の咳の寒さの眠り薬が犬

の毛の無駄なテレビと世間の馬鹿な日記を初めて読んだ叔母さん幸せわたしは勝ち組だから

どっちが大事

「わたしとスマホとどっちが大事なの？」春子《はるこ》は唐突に尋ねた。

「えっ？」

唐突に尋ねられて、僕は戸惑った。質問の意図が掴めなかったのだ。

「だから、わたしとスマホとどっちが大事なの？」

「それ、真剣に訊《き》いてるの？」

「もちろんよ」

「どうして、そんなこと訊くんだよ」

「単に疑問だったからよ。明彦《あきひこ》さんにとって、どっちが大事なんだろうって」

「聞くまでもないだろ」

「どうして？」

「訊かなくても、答えはわかるだろうからさ」

「それがわからないから訊いているのよ」

「君の方が大事に決まってるじゃないか」

「へえ。そうだったの？」春子は目を丸くした。

「当然じゃないか。妻よりスマホが大事だと思っているやつなんているもんか」

「じゃあ、どうしてわたしと食事している最中にスマホを弄《いじ》ってるの？」

「えっ⁈ ああ。これは特に意味はないよ。ただ、メールのチェックを……」

「意味がないなら、する必要ないでしょ」

「確かに、そんなに重要じゃないよ。だけど、ちょっとメールを見るぐらい別に構わないじゃないか」

「やっぱり、スマホの方が大事なんだ」

「どうして、そうなるんだよ？」

「わたしとの時間より、スマホの方が大事だから優先してるんじゃない」

「そういう訳じゃないって」

「だったら、もうスマホは止《や》めて」

「だから、少しぐらいメールを見たって……」

「ほら。必死になって言い訳してる」

「言い訳って……」

「もういいわ。スマホの方が大事だって、はっきりしたから」春子はぷいと向こうを向いた。

　ああ。これはあれだ。甘えてるんだな。やれやれ困ったものだ。

「わかったよ。もうスマホは見ない」僕はスマホをテーブルの上に置いた。「これでいいだろ」

「そうね。でも、まだ納得した訳じゃないけどね」

「これ以上、どうすればいいんだよ」

「すぐにスマホを弄るのを止めずにぐすぐず言い訳したでしょ。あれがよくなかったわ。なんだか厭な感じ」

「ごめん。これからはすぐに止めるから、勘弁してくれよ」

「わかったわ。今回だけね。これからは絶対に気をつけてよ。約束ね」

「はいはい」

　こんなことで拗《す》ねるなんて可愛いとこあるんだな。

　僕は春子の言葉を微笑《ほほえ》ましく思った。

「あなた、何してるの?!」春子は不機嫌そうに言った。

「はっ？」僕は呆気《あっけ》にとられた。「別に何もしてないけど」

「どうして、嘘を吐《つ》くの？」

「嘘も何も今は何もしていないよ」

「してるじゃないの」春子は僕の手の中のスマホを指差した。

「ああ。これのことか。今、ニュースを見てたんだけど」

「ほら。何もしてないって嘘じゃない」

「これは何かしていることにならないだろ」

「屁理屈を捏《こ》ねないで。あなたはスマホを弄ってたのよね」

「まあ。そうだけど」

「よく、いけしゃあしゃあとそんなことが言えたものだわ!!」春子は相当苛立《いらだ》っているようだった。

「何、怒ってるんだよ？」

「あなたの不誠実さによ」

「ちょっと待ってくれ。全く意味がわからないんだが」

「あなたスマホよりわたしが大事って言ったじゃない！」

「えっ。……ああ。言ったよ」

僕は先日の会話を思い出した。

「だったら、どうしてスマホ触ってるのよ」

「いや。今は別に食事中じゃないだろ」

「食事の話なんかしてないわ」

「だって、この間は、食事中に君とスマホとどっちが大事かって話だったじゃないか」

「あの時はたまたま食事中だっただけよ」

「そうなのかい。僕はてっきり食事中にスマホを触るな、ということかと思ってたよ」

「もしそうだったら、わたしとスマホとどっちが大事かなんて、訊き方はしないわ。食事とスマホとどっちが大事なのって言うわね」

「ああ。確かにね。でも、食事とスマホとどっちが大事かと言うと、微妙な問題だな。強《し》いて言うなら、食事の方か。スマホは触らなくても死にはしないが、食事をとらないでいると、そのうち死んでしまうから」

「そんなこと訊いてないし、訊きたくもないわ」

「じゃあ、何が訊きたいんだ？」

「わたしとスマホとどっちが大事かってことが訊きたいの」

「それについては、ちゃんと答えたじゃないか」

「どっちだった」

「もちろん君だ」

「嘘」

「嘘なものか」

「じゃあ、どうしてスマホ弄ってたの？」

「だから、今は食事中じゃな……。ええと食事関係ないのか？」

「そう言ったじゃない」

「だったら、今何が問題なんだ？」

「しつこいようだけど、あなたがスマホを弄ってることよ」

「僕がスマホを弄って何か君に迷惑を掛けているかい？」

「何よ！　持って回った言い方をして！」

「いや。そうじゃなくて、何がいけないんだ？」

「あなた、スマホよりわたしの方が大事なんでしょ？」

「そうだよ。さっき言った通りだ」

「だったら、今すぐスマホを止めて」

「理由は何だよ」

「わたしが止めてって言ったからよ。それで充分じゃない？」

「それ、おかしいだろ」

「ほら、やっぱりわたしよりスマホを選ぶんだ」

「いや。どっちを選ぶとかじゃないんだよ」

「わたしとスマホとどっちも手に入れたいのね。でも、お生憎様《あいにく》、わたしはそんなに寛容じゃないの。わたしとスマホとどっちかを選んで」

「いや。おかしいだろ……」

「つまり、あなたはスマホを止めるつもりがないってこと？」

「だったら、どうだと言うんだ？」

「あなたはわたしじゃなくて、スマホを選んだってことよ」春子は部屋から出て行こうとした。「今から荷物を纏《まと》めるわ。さようなら」

「ちょっと待ってくれよ。出ていくってことなのか？　どうして？」

「理由がわからないの？　最低！　わたしよりスマホが大事な人と一緒に暮らせる訳ないじゃない」

「そんなこといつ言ったんだよ？」

「言葉に出さなくても態度でわかるわ。あなたはわたしよりスマホを優先しているのよ!!」

「完全な誤解だ。スマホが君より大事だなんてあり得ない」

「言ってることとやってることがちぐはぐなのよ！」

春子は何を言ってるんだ？　落ち着くんだ。そして、よく考えろ。

春子が怒っているのは間違いない。そして、それはスマホ絡みだ。つまり、彼女は僕がスマホに夢中になって自分が蔑《ないがし》ろにされていると感じているという訳だ。そして、それは完全に彼女の誤解だ。僕は春子を愛しているし、スマホはそれほど重要じゃない。

では、誤解を解くのにはどうすればいいのだろうか？

スマホより君が大事だ、と言うのはすでに試している。彼女はそれに対して言動不一致だと不服を言っている。

どうして、言動不一致だと思うんだろう？　僕の行動に僕の発言と矛盾するようなものがあるというのだろうか？

僕は別にスマホに対し、愛を囁いたりもしないし、プレゼントを贈ったりもしていない。ただ、操作しているだけだ。

操作が拙《まず》いのか？　だが、スマホとは操作するために存在しているのだ。もし操作してはいけないとしたら、スマホの存在意義がなくなってしまう。操作しないのにスマホを保有するなんてことはあり得ない。

だが、もし本当に操作することと春子を愛することが相いれないと春子が感じているとするなら、辻褄は合うような気がする。そのような感情は理解し難いが、とりあえずその仮説に基づいて対策を考えよう。

「ええと、つまりスマホの操作を今すぐ止めないと、君はこの家を出ていくってことかい？」

「まさか本気で訊いてるんじゃないでしょうね。今までずっとそう言ってるじゃない」

「わかったよ。とりあえず、今はスマホの操作はしないでおく」

「とりあえず？　とりあえず、ってどういう意味？」

「文字通りの意味だよ」

「馬鹿にしてるの？　そこどいて。やっぱり荷物を纏めるわ」

「とにかく話を聞いてくれ」

「また、言葉でごまかすつもり？」

「ごまかしたりはしない。ただ、訊きたいだけなんだ」

「今更、何を訊きたいと言うの？」

「僕がスマホを操作してはいけない理由だよ」

「だから、わたしよりスマホが大事な人とは一緒に暮らせないってだけよ」

「スマホを操作したら、君よりスマホが大事ってことになるのかい？」

「わたしは『わたしとスマホとどっちが大事？』って訊いたの。それでもなおスマホを弄り続けたってことで答えは明らかだわ」

「そこに見解の相違がある。僕はスマホを弄ることと、どっちが大事かということは直接関係しないと思ってるんだ」

「あなたがどう思おうと知らないわよ。わたしはスマホを弄ることと大事に思うことは同じだと思ってて、それをあなたに伝えてるんだから、その時点ですぐ弄るのを止めなかったってことは、わたしよりスマホが大事だって認めたってことよね」

「ちょっと待ってくれ。僕には君の真意は伝わってなかったよ」

「そんなはずはないわ。これだけ、ずっと話していて、全然理解してなかったたって。だったら、どれだけぼんくらかってことよ」

「きっと僕はぼんくらなんだよ。そして、もう君の真意は伝わったから、スマホは操作しない。これで納得したかい？」

「ええ。まあね」

僕はスマホの電源を切った。「さあ、これでいいだろ」

「そうね。ただ、もう理解したんだから、今度スマホを弄ったら、それこそ言い訳は許さない。それでいいわね？」

「もちろんだよ」僕は安堵しながら言った。

「何してるのよ!!」二階から降りてくるなり、春子は叫んだ。

「何って……」僕はスマホを操作していた。

今、彼女は二階にいた。別にいいはずだよな。

「ごめん。降りてくるのに気付かなかったんだ。すぐに止めるよ」

「やっぱりこそこそ弄ってたのね」

「こそこそって、別に隠れてやってた訳じゃないから」

「えっ？　じゃあ、堂々とやってたってこと？　最低！」

「待ってくれ。別に君の前で堂々と操作した訳じゃないだろ」

「堂々とだろうが、こそこそだろうが、わたしの前でやった時点で約束違反だわ!!」

「いや。だから、君が来たら、すぐ止めると言ってるじゃないか」

「何よ。自分が約束違反したくせに、上からの立場でものを言ってるの？」

「でも、君が来たのに気付いた瞬間に止めることはできないんだから、少しぐらい許容してくれてもいいじゃないか」

「そもそも気付いてから止めるのがおかしいのよ」

「じゃあ、いつ止めろと言うんだい？」

「そもそも弄らなければいいのよ。そうすればいつわたしが来ても問題ないはずよ」

「それって、つまり家ではスマホを使うなってことかい？」

「家だけじゃなくて、もうスマホは使わないで」

「外でも駄目ってことか？　それはいくらなんでも酷《ひど》いんじゃないか？　現代においてスマホを禁止したら、常にタブレットPCを持ち歩かなければならなくなる」

「それは詭弁よ。スマホもタブレットPCも持ってない人は大勢いるわ」

「まあ、そうかもしれないけど、僕はそういう類《たぐい》の人間じゃないんだよ」

「何？　自分は特別だとでも言うつもり？」

「いや。そういうことではなくて、僕の場合、スマホがなければ生活に支障を来《きた》すということが言いたいだけだよ」

「昔はスマホなんかなかったわ。携帯すらなかったのよ」

「知ってるさ。もっと前は電話すらなかったってこともね」

「じゃあ、スマホがなくても生きていけるはずよね」

「生きてはいけるだろうね。だけど、とても不便だ」

「つまり、スマホは便利だからわたしより大事ってこと？」

「いや。そんなことは言ってないよ」

「不便になるぐらいなら、わたしが出ていってもいいってことでしょ！」

「そんな訳ないじゃないか」

「じゃあ、わたしが出ていかないなら、少しぐらい不便になってもいいってこと？」

「どうして、そんな極端なこと言うんだよ」

「曖昧《あいまい》なことは嫌いなの。わたしとスマホとどっちが大事かはっきりして。わたしが大事なら、もう二度とスマホは使わないで。もし、スマホが大事なら、そう言って。今すぐ出ていくから」

彼女の主張は全く理屈に合わないが、彼女の中では整合性がとれているようだ。今、僕が論理的な説明をしても彼女は受け入れてくれないだろう。

「わかった。もうスマホは使わないよ」

「本当？」

「本当だよ」

「だったら、わたしにスマホを渡して」

僕は一瞬躊躇《ちゅうちょ》した。だが、彼女の目が吊り上がったのを見て観念した。黙って彼女にスマホを渡した。

　彼女はそのまま外に出ると、庭先の石にスマホを叩き付けた。

　スマホの画面部分が砕けた。

「あっ！」

「どうしたの？　スマホは大事じゃないんでしょ」

　大事じゃない訳じゃない。程度問題だろ。

　だが、僕は言葉を呑み込んだ。

「ああ。もちろんだよ」

　あとでこっそり回収してデータを取り出さなきゃ。

　だが、春子はスマホの残骸を拾い上げて紙袋に入れた。

「それ、どうするんだい？」僕は思わず尋ねた。

「気になるの？」

「まさか」

「じゃあ、言わなくていいでしょ。これはわたしが念入りに処分しておくわ」

　勘弁してくれよ。

「あなた、ちょっと来てくれる」春子が呼び掛けてきた。

「ちょっと待ってくれ。今、手が放せないんだ」僕はパソコンのキーを叩きながら答えた。

「放せないですって？」

僕は空気が少し不穏になったのを感じた。

さあ、何が拙かったんだ？　新しいスマホを買ったのがばれたのか？　いや。あれは鞄の底に隠してあるし、家にいる時は電源を切ってあるから、ばれることはないはずだ。ここはおどおどせずに余裕を持って対応しよう。

「ああ。ちょっと、調べ物をしていてね」

春子は部屋に入ってきた。

「これじゃあ、スマホがなくても、一緒じゃない」

いや。スマホが使えないので、随分不便だよ。

僕は心の中で言い返した。

「そうだね。持ち運べないってだけで、機能的にはパソコンの方が高いからね」

「わたしとパソコンとどっちが大事なの？」

「えっ？」

嫌な予感が的中したようだ。

「そ、それは比較するものじゃないだろ」

「どうしたの？　答えられないの？」

僕はごくりと唾を飲み込んだ。

ここはうまく答えないと拙いことになる。君の方が大事だと答えたら、パソコンを捨てられてしまうことになりそうだ。だからと言って、返答を渋っていたり、ごまかそうとすると、家を出ていくと言い出すだろう。

いっそのこと、本当に出ていくか、試すのもありかもしれない。

ちょっとした悪戯《いたずら》心がむくむくと膨らみ始めた。

「何もかもイエス・ノーで割り切れるという訳じゃないと思うんだよ」

春子は目を見開いた。「わたしとパソコンのどちらが大事か言い切ることができないですって?!」

「いや。今のは一般論で、パソコンより君の方が大事ということは言うまでもない」

悪戯心は見る見る萎《しぼ》んだ。

「そうよね。そうでないとおかしいわね。妻よりパソコンが大事だなんていう人がいたら、もうそれは人間とは呼べないわよね」

「全くだよ」

春子はパソコンの裏に手を伸ばし、ケーブル群を引き抜いた。

ぼんと音を立てて、画面が消えると同時にハードディスクが止まる音がした。

最近のパソコンはこんなことでは壊れないとは思うけど、ちょっと心配だな。

「何、その顔？　パソコンを心配してるの？」

「もちろん、心配なんかしてないよ」僕は笑顔を作った。

妻は無言でパソコン本体を持ち上げた。

「あっ」僕は無意識に妻を止めようとした。

「何？」妻は僕を睨《にら》みつけた。

「パソコン、どうするつもりなんだ？」

「パソコン大事なんだ」

「大事じゃない。いや。そこそこ大事だけど、めちゃくちゃ大事ではない。君と較べると、全く無価値と言ってもいい。だけど、本当は無価値という訳ではなくて、少しだけは価値があるんだ」

「それで、大事なの？　大事じゃないの？」

「そんな一言ではなかなか伝えられないよ」

「わたしより大事かどうかが重要なの。微妙なニュアンスなんてどうでもいいの」春子はパソコン本体を持ち上げ歩き出した。

「それで、もし……もしもの話だよ。もし、僕がパソコンの方が大事だなんて言ったら、どうするつもりだった？」

「パソコンはあなたの自由にしてもいいわ。その代わりわたしは出ていくから」

「実際は君の方が大事な訳だ。だから、君は出ていかなくていい。それから、パソコンは別にここに置いておいても邪魔にならないし……」

春子はがらがらと窓を開けた。

「いや。まさか、落とすんじゃないだろうね。ここは二階だし、万一外に誰かいたりしたら……」

春子はぽんとパソコンを窓の外に放り投げた。

「あああ!!」僕は思わず悲鳴を上げてしまった。

ハードディスクにはバックアップしていない大量のデータが入っている。

僕は窓から身を乗り出した。

パソコンは駐車場に落下していた。ぎりぎり自家用車を掠《かす》めていたが、パソコンの破片は車体にぶつかったようだ。いや。ひょっとしたら、角ぐらいは引っ掛けたかもしれない。

とにかく、パソコンは無残に飛び散っていた。ハードディスクのケースも飛び出していたが、最近のハードディスクは頑丈なので、まだ間に合うかもしれない。なんとか口実を付けて回収しないと……。

　春子がハンマーとバケツを持って駐車場に現れた。いつの間にか部屋から出ていったようだ。春子はハンマーをハードディスクのケースに叩き付けた。ケースが割れて内部が露出した。

　僕は大慌てで駐車場に向かった。あれには何年分もの写真や動画のデータや購入した音楽データやメールが入っている。

　階段の途中で転げ、膝と腰を強打しながら、なんとかはいずるように駐車場に辿り着く。ちゃぽん。

　妻がハードディスクをバケツの中に放り込んだところだった。

　バケツの中には水が入っていた。

「何だ、これは？」

「塩水よ」

「し、し、し、塩水！　なんでまたそんなことを!!」

「テレビで言ってたの。ハードディスクを捨てる時はこうやれば物理的に個人情報が消せるって」

「捨てるって、どうして？」

「わたしとパソコンとあなたにとって大事な方がこの家に残るのよ。あなたはわたしを選んだ。つまり、わたしが勝って、パソコンが負けたの。負けたものは出ていってもらわないとね。共存できないいんだからね」

「いつの間に勝ち負けの話になってるんだ？」

「最初からよ」

「ちょ、ちょ、ちょ、ちょっと落ち着いて話そうか」

「落ち着かなくっちゃならないのはあなたの方じゃないの？」

「そうだよ。僕も落ち着かなくっちゃならない。だけど、君も落ち着くんだ。こんな突発的な行動はよくないよ」

「わたしは落ち着いているし、これは突発的な行動ではないわ」

「『突発的』って意味わかってる？」

「突然起こることでしょ。これは前から計画していたから、全然突発的じゃないわ」

「本当に、どのぐらい前から？」

「何年も前からよ。ひょっとして、あなたはわたしよりパソコンが大事なんじゃないかと疑ってたのよ」

「何年も前から……。ちょっと待ってくれ。少し整理しないと……」

落ち着け、自分。パニックになればなるほど事態は混乱していく。

まず、現状の把握だ。ハードディスクは物理的な衝撃を受けた上、塩水に漬けられた。今すぐ真水で念入りに洗って、乾燥させて、復旧業者に持ち込めば、なんとかなるかもしれない。しかし、莫大な費用がかかるため、現実的ではない。つまり、パソコンのハードディスクは諦めざるを得ない。まず、この現実を認めて、受け入れなくっちゃならない。

さあ、受け入れるぞ。……

くそっ！　ここに入ってたのは掛け替えのないデータばかりだったんだぞ!!

全然、受け入れられてないじゃないか、自分！　さあ、深呼吸して。

そう。こんなデータ、俺の人生には何の意味もない。そもそもデジタルデータを保存できるようになったのは、ここ何十年間のことじゃないか。それより前の時代、日記や写真や手紙を律儀にすべて残す人は極一部で、殆《ほとん》どの人間は記録など残さずに生活していた。それで、特に支障はなかったんだ。記録があるのが当然だと思っているから、それを失って動揺しているんだ。別に手元にあったからって、いつもそれを見ている訳じゃないんだ。大部分のデータはおそらく、もう一生参照することもないはずだ。写真だって、昔みたいに年に何十枚かじゃなくて、何千枚もとったりしてるから、それこそ、見返すことすらおつくうになってしまってるじゃないか。これらのデータに価値があるというのは錯覚で、実はたいした価値はないんだ。春子はそれを教えてくれたんだ。

いいぞ。だんだん現状を受け入れられてきた。

それに、春子がこんなことをする原因は嫉妬なんだ。パソコンに嫉妬するというのは多少常軌を逸しているといえなくもないが、ひっくり返せばそれほど僕のことを思っているということなんだ。パソコンやスマホに焼き餅を焼くなんて、可愛いじゃないか。

僕は心安らかに春子を見た。

悪鬼のような形相で睨み付けている。

そして、バケツの中では、ハードディスクの残骸がぶくぶくと泡を出していた。

うわぁ!!

いかん。いかん。また、心が乱れてきてるぞ。

僕は大急ぎで、深呼吸を繰り返した。

吸って。吐いて。吸って。吐いて。吸って。吐いて。吸って。吐いて。吸って。吸って。

吐いて。吐いて。吸って。吸って。吐いて。吐いて。……。

そうして、世界が遠くなっていった。

「それは過呼吸ですな」医者が言った。「つまり、二酸化炭素を吐き過ぎたために、血液がアルカリ性になって、様々な症状を引き起こすのです」

「治りますか？」僕は尋ねた。

「まあ心身症の一種ですからね。一度起きたぐらいなら、様子を見てもいいですが、心配なら抗不安薬を出しておきましょうか？」

「つまり、原因は精神的なものだということですね」

「ええ。心当たりはありますか？」

「はあ、発作を起こす前に、ちょっと家内と揉めまして」

「夫婦喧嘩ですか？　多少ならいいですが、ストレスになるほどの喧嘩はよくありませんね。喧嘩にならないように、常に落ち着いた言動をとるようにした方がいいでしょうね」

「それができればいいんですが」

「そうでしょうね。それができないから発作を起こしたんでしょうから。どうですか？　自信がないなら、薬出しておきましょうか？」

　僕は薬を出して貰うことにした。

　薬を飲むとかなり楽になった。

ただ、スマホもパソコンもなくなったので、暇な時間はほぼテレビを見るしかなくなった。

その日は休日で、朝からぼんやりとテレビのニュースを見ていた。

「あなた、テレビ好きよね」いつの間にか、横に春子が座っていた。

途端に息が早くなった。

駄目だ。息はゆっくりと、吐く方に意識を集中して。

「ねえ。わたしとテレビとどっちが大事なの？」

「君は……」

「何？」

僕からテレビまで奪うつもりなのか？

ゆっくり息を吸う。さらにゆっくり息を吐く。

「もちろん、君の方が大事だ」

「今、別のことを言い掛けたんじゃない？」

「そんなことはないよ」

「あなたは家にいる時、ずっと無駄な時間を過ごしてるわ」

「無駄？」

「まさか、テレビを見ている時間が有益だなんて思ってないでしょうね。ドラマやバラエティなんて百害あって一利なしだわ」

「でも、たまには息抜きも必要じゃないかな？」

「わたしと一緒にいて、息を抜かなきゃならないの?!」春子の語気が荒くなった。

「そういう意味じゃない。会社でのストレスもあるし……」

「そんなの、運動で解消すればいいのよ。そうだ。会社の行き帰りは一駅分歩いたら、どうかしら？　それでストレスはなくなるわ」

「ストレスだけじゃなくて、テレビがあれば情報の収集ができるじゃないか。社会で起こっていることとか、世界情勢とか」

「そんなのは、通勤電車の中で新聞を読めば済む話じゃないの」

僕はどうやって、反論しようかと考えた。そして、反論しても無駄だと気付いた。

僕がどんなに一生懸命論理的な理由を考えたとしても、彼女は非論理的な感情論でそれを一蹴《いっしゅう》できる。彼女が論理的な反論をしなくていいというルールなのだから、彼女は決して負けることはない。

僕はテレビを諦めることにした。

そしてゆっくりと深呼吸をした。「そうだね。テレビは百害あって一利なしだ」

春子は黙って台所に行き、そして包丁を持って戻ってきた。

どきりとしたが、僕には逃げる気力さえ残っていなかった。

春子は液晶画面に包丁を突き立てた。

液体が画面から流れ出した。

涙のようにも血のようにも見えた。


「あなた遅かったわね」家に帰るなり、春子が言った。

春子の手にはスマホが握られていた。

「それ、スマホかい？」

「そうよ」

「スマホはよくなったのかい？」

「なんのこと？」

「僕はスマホを持ってない」

「知ってるわ。必要ないでしょ」

「君はスマホを持っている」

「ええ。必要だから」

「僕だって、必要だよ」

「あら。必要ないって言ってたわよ」

「その、君は……」

僕とスマホとどっちが大事なんだい？

そう訊くべきだろうか？　だけど、もし彼女が、もちろんスマホよ、と答えたらどうすればいいんだろう？　その場合、今までの流れからすると、僕がこの家を出ていかなくてはならなくなる。なぜなら、僕は敗者でスマホが勝者だから。

いやいや。そんな馬鹿な話はあるまい。

じゃあ、彼女が、もちろんあなたよ、と答えたら、僕は彼女のスマホを壊すのだろうか？　まさか、そんなことをしても誰も得をしない。腹いせをして一瞬はすかっとするかもしれないが、すぐに後悔することになる。

だとしたら、そんな質問はすべきではないのだ。

「わたしが何？」

「いや。何でもないよ」

「ところで、あなたどこに行ってたの？」

「別に」

「別にってどういうこと？　わたしに言えないようなところに行ってきたの？」

「とんでもない。ただドライブしてきただけだよ」

「ドライブって、つまり特に目的もなく、自動車でそこらを走り回ることよね」

「突き詰めて言うと、そういうことになるかな。そんな言い方をすると、無駄なことのように聞こえるけどね」

「聞こえるだけじゃなくて、実際に無駄だわ」

「無駄かい？」さすがにただ一つの楽しみにケチを付けられて僕はむっとしてしまった。

「これでも、少しは気晴らしになるんだよ」

「時間とガソリン代を使ってね」

「たいしたことじゃない」

「たいしたことじゃない？　毎日積み重ねたら、大変な額になっているわ。ガソリン代だけじゃない。税金だって払っているのよ。それなのに、あなたは通勤にも使っていない」

「自動車通勤は原則禁止だからね」

「それに、スーパーまで歩いていけるし、駅だって近いから、自動車を活用することなんて殆どないじゃない」

「そんなことはない。ええといつだったか君のご両親をうちに招待した時……」

「そんなことは年に一回もないんだから、タクシーを使えばいいのよ。あなたの気晴らしのためだけに、自動車を使うのは勿体ないわ」

「じゃあ、いったい僕はどうやって、気晴らしをすればいいんだ?!」

妻はすぐには答えず静かに微笑んだ。そして、徐《おもむろ》に口を開いた。「ねえ。わたしと自動車とどっちが大事?」

僕は眩暈《めまい》を覚えた。

僕から自動車まで奪おうと言うのか?

もちろん、自動車だよ。

そう言ってしまえればどんなに楽だろうか?

僕はその可能性について心の中で検討した。

その場合、彼女はこの家を出ていくというだろう。そして、当然ながらすべての財産を折半することを主張するだろう。預金もこの家も。預金はともかく、この家は売って金に換えなくてはならない。そして、自分が住むための新しい家を探さなくてはならない。そこはおそらく今の家よりは狭いものになるだろう。今の家の中の家財道具は新しい家に入りきらない分はすべて無駄になる。そのような細々としたことを仕事をしながらこなさなければならないのだ。

それはとてつもなく厄介で、無益なことのように思えた。そんな面倒なことをするぐらいなら、自動車を諦める方が遥かに理に適っているように思われた。

「もちろん、君が大事に決まってるじゃないか」

春子は微笑んだ。

「だけど、自動車はこのままにしておいて欲しい」

春子の目は吊り上がった。「どうして？　わたしの方が大事なんでしょ？」

「そうだよ。そうだからこそ、置いておきたいんだ」僕は必死で彼女が納得できるような理屈を考え続けた。「つまり、この車は君の役にも立つんだ」

「例えば、大きな買い物をする時だ。いつも手で持って帰れるだけの買い物で済むのかい？　今までだって、何度もこの車に載せて帰ったじゃないか」

春子は頬に手を当てて考え出した。

よかった。ちゃんと筋道を立てて説明すれば、春子もわかってくれるんだ。

その日の晩は久しぶりにぐっすり眠ることができた。

次の日、会社から帰宅すると、車がなくなっていた。

「車は？　車はどこに行ったんだ？」僕は動揺して、春子に詰め寄った。

「何を慌ててるの？　自動車は大事じゃないんでしょ」

「そりゃ大事じゃないよ。大事じゃないが、なくなると君が困るんじゃないかと思って」

「わたしは困らないわ」

「でも、大きな買い物をする時……」

「その時は配送サービスを使えばいいのよ。計算してみたら、自動車を持ってるより、安上がりになることがわかったの」

「それで、車はどこにあるんだ？」

「もう売ってしまったわ」

「売ったただって？　まだ買って一年経ってないのに」

「だから、そこそこ高く売れたわ」

「そんな酷い」

「考えてみたら、自動車は殆どあなたのおもちゃにしかなってなかったから、これでいいのよ」

「じゃあ、僕は何を楽しみに生きていけばいいんだ？」

「そうね。家事を生きがいにすればいいのよ」

「なんだって？」

「家事を生きがいにすれば、あなたにも生きがいができるし、家の中は片付くしで一挙両得じゃないの」

馬鹿にするな！

僕は歯を食い縛った。

今回は我慢しよう。だが、そろそろ限界に近付いていることは確かだ。次に何か酷いことをされたら、その時ははっきり言おう。

僕は君の奴隷じゃないんだ、と。

そして、ちゃんと話し合うんだ。そうすれば、きっと春子もわかってくれる。

だが、今回は我慢することにしよう。できれば、余計な波風は立てたくない。そんなことをしなくても、春子自身が自分の横暴さに気付いてくれるかもしれない。今はとにかくそれに期待することにしよう。


「あなた、最近帰りが遅いわね！」

残業で疲れて帰ってきた時に突然春子の言葉が突き刺さってきた。

「ああ。期末で仕事が集中してしまってね」

「家事が疎《おろそ》かになっているわ」

「すまない。仕事の方が一段落したら、家事の方も頑張るから」

「どうして、そうなるの？　仕事が忙しいって言えば、何もかも許されると思ってるの？」

「いや。そういうことじゃなくて、仕事は収入源だから、おざなりにできないってことが言いたいんだ」

「そんなに仕事が大事なの？」

「そりゃ、そうさ……」

ここまで言って、僕は気付いた。

あのフレーズがまた出るのか？

「ねえ。わたしと仕事とどっちが大事なの？」

「それは愚問だ」

「わたしが愚かだと言うの？」

「君じゃなくて、質問自体が愚かなんだ」

「同じことだわ。わたしがした質問なんだから」

「だって、仕事をしなかったら、収入がなくなってしまう。どうやって、生活するつもりなんだ？」

「そうやって、あなたはいつも思考停止しているのよ。まず、仕事ありきで考えているから、そういう結論になってしまうのよ。そうじゃなくて、まずわたしたちの生活を充実させることを考えるの。仕事は目的じゃなくて手段なのよ。わかるわね」

「言いたいことはわかるけど、実際問題、どうするつもりなんだ？」

「どうするかはわたしじゃなくて、あなたが決めることよ。わたしとの生活を優先するのか？　それとも仕事を優先するのか？」

「もし、僕が仕事を辞めなかったら？」

「仕事が大事なら、そうすればいいわ。だけど、わたしはもうわたしを愛せない人と一緒にはいられない」


それから間もなく、僕は仕事を辞めた。

ひょっとすると、春子は僕が彼女を愛しているかどうかを試しているのかもしれない。次々と過酷な要求を出して、それをどこまで許容するかを見ているのだ。そして、それが許容できなくなった瞬間に僕の彼女への愛情度が確定する。たとえば、彼女のためにスマホを手放すことができなければ、スマホ以下の愛情、車を手放すことができなければ、車以下の愛情、仕事を辞めることができなければ、仕事以下の愛情ということになるのだろう。

　そんな愛情試験にどんな意味があるのか、わからない。だが、彼女は試験を実行する決心をしたのだろう。

　この試験の問題点は破壊試験だということだ。例えば、工業製品の耐久度を調べるために、わざと高温高湿の過酷な環境下で機能させて、壊れるまでの時間を計測するのと同じで、試験結果が出る時には、試験の対象そのものが破壊されてしまう。つまり、僕の彼女への愛情度が確定する瞬間、それは二人の愛が終わる瞬間なのだ。

　試験の最後に悲惨な結果が待っていることは確定している。だが、彼女はこの試験をやり遂げる強い意志を持っている。そして、僕は自分からこの試験を終わらせる——二人の愛を終わらせる——勇気は持っていない。

　だから、本当に僕の心が耐えられなくなるまで、この愛情試験を続けるしかないのだ。


「あなた、もうすぐ貯金が底をつくわ」ある日、春子が唐突に言った。

「そうだろうね」僕は呟いた。「きっと、そろそろそういうことになると思っていたよ」

「何、呑気なことを言ってるの？　このままじゃ、来月にはこの家のローンが払えなくなるわ」

「来月だって？　そんなに逼迫《ひっぱく》していたのか?!　どうして、今まで黙ってたんだ？」

「黙ってたって、そうなることは当然わかるはずでしょ」

「確かに、そうだが……。それでどうしよう？」

「それはわたしが訊きたいわ。いったいどうするつもり？」

「とりあえず、仕事を見付けなくっちゃならないな」

「今更、仕事を探すの？　そんなことをしたら、仕事を辞めたことが無駄になっちゃうけど、それでいいの？」

「無駄？」

「わたしより仕事が大事という結論でいいのね」

なるほど。僕が仕事を探した瞬間に試験は終了するということか。

春子は試験を終了させたがっている。どうせ、どこかで終わるのなら、ぎりぎりまで耐え切ってみせてやる。

「そうだね。仕事を探すのは止めにする。そもそも家はそんなに大事じゃないからね」

「何を言ってるの？」

「訊くんだろ。『わたしと家とどっちが大事なの？』って」

「何、馬鹿なこと言ってるの？　家がなくなったら、どこに住むっていうのよ！」

確かに正論だ。だが、働いても駄目、家を売っても駄目だとすると、もう打つ手がない。これでテストは終了なのか？

「じゃあ、家を売らない方法を考えないといけないな」

「それなら、方法はあるわ。あなたのお父さんの遺産よ」

「遺産って言ったって、親父はまだ生きてるぞ」

「末期がんで入院してるんだから、もう長くないでしょ」

「遺産って言っても、預金額は大したことないだろう」

「家があるじゃない」

「家はあるけど、兄貴が住んでるから売る訳にはいかないよ」

「あなたに半分権利があるんだから、その分お金で貰えばいいのよ。払えなかったら、売ればいいんだし」

「そんなこと言えないよ」

「わたしとお兄さんとどっちが大事なの？」

そっちか。

「わかった。もしもの時にはちゃんと兄貴に言うよ。だけど、ローンの金が払えなくなるのは来月なんだろ。それまでに別の金を見付けないといけないだろ」

「それなら、心配ないわ。こんなこともあろうかと用意していたの。ちょっと待っててね」

なんだ。ちゃんと蓄えを残してあるのか。春子は意外としっかりものだからな。

春子は手袋を嵌《は》めると戸棚の奥から何やら透明な液体の入ったプラスティックの袋を持ち出してきた。

「生理食塩水」と書かれている。

「何だ、これは？」

「点滴用の生理食塩水よ」

「どうして、そんなものがうちにあるんだ？」

「だから、こんなこともあろうかと用意しておいたのよ」

「これをどうしろと言うんだ？」

「お父さんの点滴の輸液とすり替えるのよ。同じメーカーの袋だからばれることはないと思うけど、念の為手袋は忘れないで」

「ちょっと待ってくれ。何を言ってるのか、全然わからないんだが」

「わからなくていいわ。あなたはただ、わたしの言った通りのことをすれば、それでいい」

「どうして、そんなことをしなくちゃならないんだ？」

「だから、来月にはローンが払えなくなっちゃうの。だから、お願い」

「駄目だ。そんなことできるはずないじゃないか！」

　春子は真顔になった。

「あなた、わたしとお父さんとどっちが大事なの？」


　結局、兄が現に住んでいることもあって、家の売却はローンの支払いに間に合わなかった。だが、家の権利の半分を担保にするという綱渡りで、なんとか追加融資を受けることができ、支払いが滞《とどこお》ることにはならなかった。

　ただし、兄一家との関係は完全に崩壊してしまった。

　輸液がすり替わっていたことには、誰も触れなかった。病院もまさか輸液をすり替えるようなことがあるとは思ってもみないのだろう。元々の輸液の袋は僕が持ち帰って、春子に渡した。きっと彼女が適当に処分したのだろう。

　父の死から半年が経ったが、輸液の中身が何だったのかは結局わからず終いだ。

　何か有害なものが入っていたのではないかと何度か尋ねようとしたが、答えが怖くて、春子に訊けずにいた。

そして、ある時、ふと思った。実はあれは春子流の冗談で、僕はすっかり引っ掛かってしまっただけなのかもしれない。

そうだ。あの直後、父が亡くなったのは、きっと単なる偶然だったんだ。少々やり過ぎの冗談と父の死がたまたま同時になってしまっただけなんだ。

そう。点滴用の生理食塩水の袋を偽装するなんて素人には難しいはずだ。あれは春子がどこかから手に入れた本物の生理食塩水だったのだ。

僕はなんとかそう思い込もうとし、最近ではほぼそれに成功しかけていた。

だが、時々、ふと疑惑が脳裏を過《よぎ》ることもある。

もし生理食塩水の使用期限が過ぎていたとしたら？　生理食塩水は開封さえしなければ、長期間持つものなのかもしれない。だが、使用期限を過ぎるほど古いものはどうなのか？細菌が繁殖して、敗血症を誘発するようなことはないのだろうか？

だが、今となっては、それを立証することは不可能だ。

だから、きっともう忘れてしまうべきなのだ。

あれ以来、春子はあのフレーズを口にしていない。

彼女はいつも通りの生活をしている。買い物をしたり、映画を見たり、友人と遊びに行ったり、本を読んだり、テレビを見たり、スマホを使ったりで、結構忙しいようだった。

僕もいつも通りの生活を続けた。家事や庭の手入れをし、春子の留守の時には雑誌を読むようなこともあった。

どうやら、春子はテストを続けることを断念したようだった。

だが、平穏な生活にもゆっくりと暗い影が忍び寄っているのが、だんだんとわかってきた。

春子は時々夜中に電気も点けずに、何かを呟きながらノートに書きものをすることが多くなってきた。

僕に言葉を掛けることは殆どなくなっていた。

夜に活動的になる反面昼間は眠っているか、ただぼうっとしていた。

「何か心配事があるのかい？」

「いいえ。心配事があるように見えるかしら？」

「ああ。僕の気のせいでなかったらだけど」

「まあ、誰にでも悩みはあるものよ」

ひょっとして罪悪感なのか？

僕は首を振った。

そんなことは考えてはいけない。もし彼女が罪悪感を感じているとしたら、あれは冗談ではなかったということになってしまう。そうなると、僕の心が耐え切れない。

「それは僕では力になれないことかい？」

春子はしばし考え込んでいた。

「そうね。あなたにも何かできることがあるかもしれないわね」

「だったら、ちゃんと相談してくれないか」

春子は首を振った。「相談は必要ないわ。あなたはただわたしの言う通りに行動すればいいの」

「よっぽど信用がないんだな。じゃあ、いったい僕は何をすればいいのかな？」

「今はまだ何もしなくていいわ」

「なんだよ。せっかく、できることをしようって言ってるのに」

「必要な時には頼むことになると思うわ。だけど、今はあなたの手助けは必要ないの」

「で、相談も必要ないと言うんだね」

「ええ」

「だとしたら、僕の出番はないということか？」

「今のところはよ」

「どうも納得できないな。僕たちは夫婦なんだから、拒否せずに、力を合わせるべきだよ」

「別にあなたを拒否している訳じゃないのよ。だけど、今はまだ必要ないってこと」

「時期がきたら、僕の手助けが必要になるってことだね」

「ええ。そうなると思うわ」

「だったら、どういう手助けが必要なのか、今のうちに教えてくれないか？」

「それはできないわ」

「どうしてだよ？」

「それを教えることもできないの」

「教えたら、その時点で何かが駄目になるってことかい？」

「そういう訳でもないけど、あなたが辛いだけよ」

「僕が辛い？　君じゃなくて？」

「ええ。そうよ」

僕が辛いって、どういうことだろうか？　やはり、あの生理食塩水のことだろうか？

僕は自分の父親を殺《あや》めてしまったということだろうか？

僕は吐き気を覚えた。

「勘弁してくれよ。いつまで宙ぶらりんにしておくつもりなんだ?!」僕は苛々して、ついつい語気が強くなってしまった。

「わかったわ。じゃあ、三週間だけ待ってくれる？」

「三週間経ったら、すべてを教えてくれるということか？」

「それは約束できないわ」

「じゃあ、三週間後に何があるんだ？」

「あなたがやるべきことがはっきりするわ。これだけは約束できるから」


それから、春子は頻繁に外出するようになった。そして、毎日夜遅くまで、何かの書類を読んだり、記入したりすることが続いた。

そして、三週間後、春子は僕の前に預金通帳を突き出した。「これを見て」

そこには相当な額の残高が書かれていた。相続した家の権利の半分を担保にして借りた資金だ。

「相当余裕があるように見えるけど」

「問題は残高じゃないの。この毎月の引き落とし金額を見て頂戴」

「ありゃ、住宅ローンの返済額ってこんなに高かったかな？」

「これは住宅ローンだけじゃなくて、新たな借金の返済も入っているのよ」

「なるほど。そういうからくりか」

「追加融資で当面の破綻は避けられたけど、このパターンはいずれ破綻するわ」

「そうだろうね。どのぐらいもちそうかな？」

「せいぜい二、三年ってとこね。どうすればいいと思う？」

「少なくとも、新しい借金の分はなくさなきゃな。兄貴に頼んで、早目にあの家を売却して貰おう」

「仮に売却して借金返済に充てたとしても、事態はあまり好転しないのよ。住宅ローンの方はまるごと残ってしまうのよ」

「じゃあ、どうすればいいんだ？」

「前と同じように誰かの遺産が入ればいいんだけど」

「俺に遺産をくれるような親戚はいないよ。仮に兄貴が死んだとしても、遺産は兄貴の嫁さんと子供に相続されるんだから」

「そう。あなたに相続の当てはない。これはわたしも調べて確認したわ」

「随分手回しがいいんだね」

「わたしだって、必死なのよ」

「じゃあ、こうしよう。僕が新しい仕事を見付けよう」

「馬鹿じゃないの？　この住宅ローンは前の会社の収入に基づいて設定したのよ。今から前ほどの収入の就職先が見つかると思うの？」

だから、仕事は続けるべきだったんだ。「わたしと仕事とどっちが大事？」と言って、僕を追い詰めたのは誰なんだ？

だが、僕は何も言わなかった。何かを言ったからといって、事態が改善するとは思えなかったし、春子も決して納得などしないだろう。

僕は首を振った。「それは無理だろうね」

「だから、わたし、一生懸命考えたの。事態を打開する方法はないかって。そして、一つの結論に達したのよ」

「そんな名案があるのかい？」

「ええ」春子は書類の束を差し出した。「付箋を付けてあるところ、全部に記名・捺印して頂戴」

「いったいこの書類は何なんだ？」

「あなたは気にしなくていいのよ。ただ、記名・捺印すればそれでいいわ」

「これ以上、大きな借金をしようっていうんじゃないだろうね。そんなことをしてもいずれ破綻するよ」

「もう担保も保証人もないから、借金は無理よ」

「じゃあ、いったい何なんだ？」僕は書類の中身を確認した。「これは保険の申し込みじゃないか」

「ええ。そうよ。でも、あなたは気にする必要はないわ」

「しかも、相当な額だ」

「ええ。あなたに万が一のことがあった場合、充分に借金の返済ができて、わたしがこれからの生活に困らないだけの額よ」

「だが、この保険料の支払いはどうするんだ？　これだと、破綻は一年ぐらいに早まってしまうぞ」

「それは……仮定の話よね」

「『仮定』ってどういう仮定だというんだ」

「もし、『万一のこと』がなかったら、破綻してしまうってことでしょ」

「万一のこと……」

僕はその言葉の意味に思い当たり、深い安堵を覚えた。

じゃあ、もう試験は終わるんだ。そして、僕は最後まで試験に耐えきることができたのだ。最後の試験が僕の予想通りのものなら、もう試験は続けることができなくなる。だとしたら、僕は最終試験に合格することができるのだ。

僕らの愛は永遠となる。

「ねえ」春子は静かに言った。「わたしと自分とどっちが大事なの?」

診断

救急情報センターによると、連絡してきた人物はかなり奇妙な様子だったとのことだった。あるいは、一種のパニック状態に陥り、混乱している状態だったのかもしれない。電話をしてきたのは竹内春子《たけうちはるこ》という女性で、救急搬送が必要な患者は彼女の三歳になる娘、アキだった。

春子はドクターヘリを要請してきたという。

なんでも、救急車でのろのろ移動している時間が惜しいから、ヘリコプターでいっきに病院まで運んでくれとのことだそうだ。

どうやら、ドクターヘリのことを救急車のヘリコプター版だと誤解しているらしい。そもそもヘリコプターが離着陸できる場所は限られている。ヘリポートないしはそれに匹敵するぐらいの平らな場所が必要なのだ。民家の庭先に着陸する訳にはいかない。

ドクターヘリは離島などの僻地《へきち》で、急患が発生した場合に必要とされる専用ヘリコプターだ。その場合もまず救急車が出動し、最寄りのドクターヘリ用のヘリポートまで運び、そこから医療機関に搬送することになる。ドクターヘリは、決して空飛ぶ救急車ではない。

したがって、この街のように、近くに医療機関が多く存在する場合は、意味のない存在だ。

救急情報センターは春子を説得するのに、かなりの時間を費やしたらしい。何度も、都会でドクターヘリは無意味だと主張しても、早くヘリコプターを寄越《よこ》せの一点張りだったそうだ。結局、彼女の納得を得られないまま、救急車を出動させることになったらしい。厳密に言うと、利用者の承諾を得ていないので、規則を逸脱した対応になるのかもしれないが、患者の生命に関わる事態かもしれず、放置することはできなかったのだ。

俺はすっかり憂鬱《ゆううつ》になってしまった。

救急隊員というのはやりがいもあり、誇れる仕事だ。だが、時として、困った利用者に出くわすことがある。

一番多いのは、タクシー代わりに救急車を呼び出す輩《やから》だ。鼻風邪や花粉症や胃もたれは救急車が対応すべき病気ではない。だが、それを理解せず、ただで病院まで運んでもらうのは当然の権利だと信じているやつが多い。

逆に断固として、救急車に乗ろうとしない者も困ったものだ。酔客に多いのだが、明らかに車に撥ねられたり、暴漢に殴られて流血しているのにもかかわらず、頑として自分は怪我などしていないと言って、救急車に乗るのを拒否する場合がある。まあ、掠《かす》り傷程度なら、放置してもいいのかもしれないが、アルコールで痛みが麻痺している場合もあり、骨折や内臓破裂の危険がない訳ではない。放置して帰る訳にもいかない。

あるいは、あれこれやたらと指示してくる利用者もいる。やれもっと速く走れだとか、何百キロメートルも離れた有名病院に連れていけだとか。ここですぐに手術をしてくれだとか。

救急車とはいえ、交通法規を無視していい訳ではない。一般道路では時速八十キロメートルと決められている。また、何百キロメートルも走る余裕があるなら、そもそも救急車は必要ない。それから、誤解があるようだが、我々は医者ではない。だから、原則医療行為は行う事ができないのだ。

やれやれ今回はどんな困った事を言い出すのだろうかと、考えているうちに目的地に到着した。

特に変哲のない普通の一戸建てだ。

いや。この辺りは一応、高級住宅街なので、変哲がないというのは言い過ぎかもしれない。俺が言いたかったのは周囲の家と較べて特に変わったところのある家ではなかったということだ。

珍しいことに家の前には誰もいない。家族が連絡してきた場合は、たいてい家の前に家族が待機していることが多い。家を見付けられないのを恐れてのことだ。

俺は仲間二人を車内に残して、玄関のチャイムを押した。

しばらくすると、三十過ぎと思われる女性が出てきた。俺のことを値踏みするような目で見ている。

「救急車を要請された竹内さんのお宅ですよね」ひたすら嫌な予感に捉われながらも、俺は女に向かって言った。

女は不機嫌そうな顔で、黙って俺を睨《にら》み付けていた。

「すみません。竹内さんのお宅でいいんですよね。もし、違うということでしたら、そうおっしゃってください。間違ったところへ来ていたとしたら、大変ですから」

「ここは間違ったところじゃないわ。わたしは竹内春子よ」女性はやっと口を開いた。

「間違っているのは、ここに来たあなたたちの方よ」

「はっ？」

「わたしは救急車なんか、呼ばなかった。呼んだのはドクターヘリよ」

ああ。そうだった。

「すみません。おそらくドラマなんかでドクターヘリの知識を持たれたんだと思いますが、各家庭に直接ヘリコプターが着陸するようなことはありませんよ。ドラマを最初からちゃんと見ているとわかると思いますが、ドクターヘリは各家庭に直接着陸するのではなく、専用のヘリポートに降りてそこから、患者を病院に搬送する訳です。そもそもここらで着陸できるような場所はないでしょ」

「近所の公園なんかどうかしら？　それとも、隣の通りにある空き地でもいいわ」

「許可もなく、そんなところに着陸はできませんよ」

「緊急事態なのに？」

「他に手段があるので、認められないでしょう」

「他の手段って何？」

「救急車による搬送です」

「救急車でのろのろ走って、アキが手遅れになったら、あなた責任とってくれるの？」

「法律上、わたしは責任をとれません。我々はただ全力を尽くしてお子さんの命と健康を守るだけです」

「責任逃れ？　まあいいわ。じゃあ、アキをそのドクターヘリ専用ヘリポートに運んで頂戴」

さあ、これは困ったぞ。ここでうまく説得できないと、かなり面倒なことになりそうだ。

「ヘリポートに行く意味がありません」

「どうして？　ドクターヘリはヘリポートにしかないんでしょ？」

「ヘリポートに行くよりも直接病院に行く方が早いからです」

「その救急車はヘリコプターより速いって言うの？」

「そういう訳ではありません。そもそもドクターヘリは近くに救急病院がないような僻地のために設けられたものです。この辺りは近くにたくさん病院があるので、ドクターヘリの意味がないのです」

「なんだか、よくわからない理屈で、丸め込もうとしているようね」

しまった。説得に失敗したか。

「でも、あなたに納得できる説明をして貰っている間に、手遅れになってしまうかもしれない。背に腹は代えられないわ。あなたの説明に納得した訳じゃないけど、どうしてもあなたがドクターヘリを飛ばすのが嫌だというなら諦める。その代わり、できるだけ早くアキを病院に連れていって頂戴」

納得はして貰えていないようだが、とにかく救急搬送への同意は得られたようだ。俺は少しほっとした。

「娘さんはどこですか？」

竹内春子に案内され、俺は家の中に入った。ベッドの上にぐったりとした幼女が寝ていた。

「アキちゃんですか？」

春子は無言で頷いた。

俺はその子を抱きかかえると、救急車へ向かった。そして、同僚に渡すと、各種バイタルサインを測定して貰う。

「症状を教えていただけますか？」

「十分おきぐらいに、腹部に激しい痛みがあって泣き叫んで、それが終わるとぐったりしているわ。嘔吐と血便も出ている」

「腹痛の前に風邪のような症状はなかったですか？」

「ええ。熱が出て咳もしていたわ」

病名はだいたい予測できた。だが、俺にはそれを伝える権限はない。

「腹痛の症状が出てからどのぐらいたちますか？」

「丸二日ぐらい」

だとすると、一刻の猶予もない。

「どうして、そんな長い間、ほっておいたんですか？」

「何？　わたしを非難するの？　わたしが悪いの？」春子はむっとしたようだった。「仕事が忙しかったのよ」

「そういう訳ではありません。ただ、こういう場合、早期の治療が重要なんです」

「えっ？　あなた、医者なの？」

「いいえ。医者ではありません。ただ……」

「だったら、素人よね？」

「まあ、そういうことになりますが……」

「だったら、つべこべ言わずに、病院に連れていきなさいよ！」

確かに、ここで言い争っても仕方がない。

「ご希望の救急病院はありますか？」

「別にないわ。一番、腕のいい先生のいる病院に連れていって」

「そういうのは簡単にはわからないですね」

「どうして？　同じ業界なんだからわかるでしょ」

「腕がいいとか、悪いとかは、まあ個人の感想の範疇ですから、そう簡単には判断できないんですよ」

「でも、噂とかはあるでしょ」

「そうですね。極端に腕が悪くて、失敗が多い場合は、評判になるかもしれないですね」

「じゃあ、そんな医者のところには行かないようにして頂戴」

「この近くにはそんな先生はいませんよ。病院に電話を掛けますから、とりあえず救急車の中に入ってください」

　俺は最も近くの病院に電話を掛けた。患者が三歳の子供だと言うと、すぐに断られた。大人と違い、子供は容態が急変する場合が多い。万一の場合、医療過誤で訴えられる危険が高いということだ。だから、多くの病院ではリスクを回避するため、子供の受け入れを拒否する場合が多いのだ。

「近くの病院に連絡したのですが、受け入れは無理だということです。その次に近い病院に電話してみます」

　その病院も幼児だとわかると受け入れを拒否した。

　こうやって、俺は次々と電話を掛けて、ようやく八件目で受け入れOKとの返事を貰った。

「A病院が受け入れてくれるそうです」俺は言った。

「聞いたことがないけど、大丈夫？」春子は不安そうに尋ねた。

「名前を知らないのは、少し遠い場所にあるからでしょう。ここからはだいたい一時間強程です」

「歩いて？」

「まさか、救急車でですよ」

「救急車なのに一時間って本気なの？」

「申し訳ありませんが、実際こういうことは多いんです」

「やっぱりドクターヘリを呼んで」

「どっちにしても、この地域にはドクターヘリは来てくれませんよ」

アキが泣き叫び始めた。激痛の波が来たのだろう。

「その病院でいいですか？」

「アキが苦しがっているわ。なんとかして！」

「我々ができるのは応急処置だけです」

「じゃあ、応急処置をして！」

「現時点でできることはありません。とにかく早く病院で診て貰うしかありません」

「役立たず!!」

あんたが娘を丸二日も放置したんじゃないか。

俺は言葉を呑み込んだ。

とりあえず病院に急ぎましょう。

バイタルサインを見る限り、差し迫った生命の危険はないようだった。だが、安心はできない。すでに丸二日経過しているとしたら、腸の壊死《えし》が始まっている可能性が相当に高い。


A病院に着くまで、アキは何度も痛みの発作に襲われ、嘔吐した。

その度に春子はなんとかしろと喚《わめ》いたが、俺は宥《なだ》めるしかなかった。

ようやく到着した時、アキだけではなく、春子も俺もぐったりした状態になっていた。

検査担当の隊員が医者に容態について説明した。

「わかりました。おそらく手術が必要でしょう。とりあえず、検査をします。ご苦労様でした」

後は医者に任せるしかない。

俺たちは一息ついて、消防署へと戻った。


数時間後、再び春子から救急車の要請があった。それも、俺を指名したとのことだった。

おそらく、名札を見て名前を記憶したのだろう。

指名されていくのはどんなものかと思ったが、その時、他の隊員は出払っていて、三人チームで行くには、俺が入らざるを得なかったのだ。

おまえ、結構気に入られたんじゃないか？

そんな冗談とも本気ともつかないことを言われながら、俺たちはさっきの家に到着した。チャイムを押すと、ドアが開いた。

「どうされました？」

「どうもこうもないわ」

けたたましい泣き声がした。

布団の上でアキが悶《もだ》え苦しんでいた。

「もう退院したんですか？」

「ええ。あの病院めちゃくちゃだから」春子は怒りに震えながら言った。

「めちゃくちゃって？」

「この子のX線CTをとろうとしたのよ！」

俺は黙っていた。話に続きがあると思ったのだ。

だが、予想に反して、話はここで終わりのようだった。

春子はもう何も言わなかった。

「ええと。それが何か問題でも？」

「問題に決まってるじゃない。X線なんかあてたら被曝してしまうじゃないの」

「いや。確かに被曝と言えば被曝ですが、問題になるレベルじゃありませんよ」

「あの病院の医者も同じことを言ったわ」

「そうでしょうね」

「そういうマニュアルになってるのね」

「そんなマニュアルはありませんよ」

「それから、X線を使った検査をせずに病状が悪化するリスクの方が、被曝により病気が発生するリスクより遥かに大きいとか、言ってたわ」

「それも、尤《もっと》もな話ですよ」

「わたし納得できないわ。だって、X線って放射能なのよ!!」

「厳密に言うと、放射線ですね」

「そこ、重要な点じゃないわよね」

「ご尤も。ただ、さっきも言った通り、放射線障害が出る可能性は殆《ほとん》どありません」

「『殆どない』ってことは少しはあるってことよね」

「まあ、完全にゼロではないでしょうが。それは無視しても差し支えないんじゃないでしょうか?」

「ゼロじゃないんだから、無視できないわ」

「でも、それでは病気の治療ができません」

「治療のために被曝したんでは本末転倒よ」春子は言った。「わたし言ってやったの。この子に放射能をあてるのは絶対に許さないって」

「さぞや困っていたでしょうね」

アキはごぼごぼと嘔吐した。もう腹の中に何もないのか、胃液しか出てこなかった。

「X線検査はせずに、治療を続けてくださいって」春子は鼻息荒く言った。

「それで、先生は？」

「X線なしで、治療することはできないって言うのよ」

「まあ、そう言うでしょうね」

「だから、わたし言ってやったの。だったら、この病院に用はありません。退院しますって」

「すると、強制的に退院させられたんじゃなくて、あなたの方から治療を拒否したんですね」

「誰も拒否なんかしていないわ。早く治療を始めろと言っただけよ」

「X線抜きでね」

「ええ。そうよ。放射能なしで」

「それで、今回はどうして、一一九番に連絡されたんですか？」

「救急車を呼ぶためよ」

「しかし、さきほど我々は搬送しましたよね」

「ええ。役立たずの病院にね」

「どうやって帰ってきたんですか？」

「タクシーでよ」

「こんな状態のお子さんを？」

「家に戻るのに救急車を使っていいの？」

「まず落ち着いてください。いろいろ、指摘しなければいけないことがあります。……ああ。そんなことより、まずこの子をなんとかしなければ……」

「そうよ。この子を助けて頂戴。それがあなたの仕事なんでしょ」

「おそらく他の病院はさっきと同じように拒否されるでしょう。もう一度、A病院に行きましょう」

「駄目よ。あそこに行くと、被曝するから」

「しかし、他の病院では受け入れて貰えないと思います」

「日本にはあそこ以外にも救急病院はたくさんあるでしょ」

「それはありますが、かなり時間がかかりますよ」

「構わないわ」

「しかし、お子さんの容態は一刻を争うものです」

「わかってるわ。だけど、みすみす被曝させるよりはましよ」

俺は困り果ててしまった。

親の意思に反して、A病院に入院させる訳にはいかないだろう。A病院にしたって、こんな状態の子供を帰らせたという事は、この親子の扱いをどうしようもなかったということだ。つまり、この子をA病院に連れていくという選択肢はないものと考えなくてはならないだろう。

俺はアキを抱き上げると、救急車に戻った。

さて、どうしたものか。

しかし、アキの容態は遥かに悪化している。ぐずぐず考えている時間はない。

俺はA病院よりさらに遠隔地の救急病院に次々と電話を掛けた。

やはり受け入れ拒否のところが殆どだったが、いくつかは受け入れ可能だとの回答があった。受け入れ可能と回答した病院に対し、俺はさらにX線を使わず、超音波だけで処置が可能かと尋ねた。

いったいどういう理由でですか?

親御さんが放射線被曝に対し、神経質になっておられるんです。正直に答えるしかないが、この回答でせっかく受け入れ可だった病院も及び腰になってしまう。

X線検査を嫌がるような神経質な親がついてきたら、どんな難癖を付けられるか、わかったもんじゃない。

そう考えるのだろう。俺が病院の担当者だとしても、そう考えるに違いない。

次々と病院に当たっている間に、どんどん時間が過ぎていく。

一時間が過ぎた頃、ようやくある病院がX線を使わず、超音波検査のみの処置にOKを出してくれた。

「竹内さん、X線を使わずに治療をしてくれる病院が見付かりました」

「じゃあ、何をぐずぐずしているの？　すぐに出発して」

「ただ、一つ問題があります」

「まだ、問題があるの？」

最大の問題はあなたなんだよ。

「ここから、そのB病院までは二時間半掛かります」

「はあ？　本気で言ってるの？」

「X線を使ってもいいなら、A病院を初めとして、もっと近くにいくつかの病院がありま す。どっちをとりますか?」

「じゃあ、B病院にして」

「我々としては、X線を使っても近くの病院にすることをお勧めします」

「それだけは無理。すぐにB病院に向かって」

俺はこの女性を説得するのにどのぐらいの時間が必要かと考えた。おそらく、二、三時間では無理だろう。その間にB病院に到着できるだろう。

俺は運転手にB病院に向かうよう伝えた。

本気ですか? 下手したら、三時間は掛かりますよ。

仕方がない。条件を満たす病院はそこしかないんだ。

そんなことはないでしょ。近くにいくらでも病院はある。

しかし、親御さんの希望に沿う治療ができるのはB病院しかないんだ。

それは正しい判断なんですか? 緊急事態なんですよ。

そう。緊急事態だ。議論している時間すら惜しい。おまえはとにかくB病院に向けて、この車を走らせるんだ。その間に、俺は彼女の説得を試みる。

救急車は走り出した。

運転手は不本意のようだが、それは俺も同じことだ。だが、母親の希望を無視して、彼女の意に沿わない病院に強制的に連れていくことはできない。

本当に？　女の子の命が懸かっているのに、母親の我儘《わがまま》を優先させるのが、本当に正しいことなのか？　最悪、俺がこの母親に訴えられるだけだ。女の子の命が助かるのなら、そのぐらいのこと、何でもないのではないか？

俺はすんでのところで、運転手に行き先変更を指示しそうになった。

駄目だ。何を考えているんだ？　A病院に向かったところで、母親が治療を拒否すれば、病院側は何もできない。訴訟覚悟で治療してくれる医師がいてくれたとしても、母親が騒いで警察を呼んだりしたら、治療どころの騒ぎではなくなる。

急がば回れだ。歯痒いことだが、結局はこれが一番早く治療できる方法なのだ。

「竹内さん、さっきも言いましたが、X線検査を避けるという理由だけで、遠くの病院を選ぶのはよい選択とは言えません」

「じゃあ、アキが被曝して癌や白血病になったらどうするの？　あなたに責任がとれるの？」

「数回のCT検査で癌を発症する確率は極めて小さなものです。ほぼゼロと見做《みな》せます」

「でも、ゼロではないんでしょ？」

「はい。ゼロではありません。しかし……」

「ゼロにして貰わなくては困るのよ！」

「ゼロではありませんが、治療が遅れるリスクの方が高いと思います」

「どういうこと？　このままだと手遅れになるっていう事？」

「はっきり言ってそういう事です」

「手遅れって何？　アキが死ぬっていう事？　あなたはアキが死ぬと思っているのね」

「いえ。必ず死ぬということではありません」

「でも、たぶん死ぬと思ってるのね？」

「いや。違います。落ち着いてください」

「あなた、どんな権限があって、そんなことを言ってるの？　アキが死ぬだなんて言って、脅迫するつもりね！」

「だから、そんなことは言ってません。治療が遅れたら、そういうこともあり得るという話です」

「何？　あなた、仮定の話をしているの？」

「仮定ではありません。現実です」

「言っている事の辻褄があってないわ。死ぬと思ってるのか、思ってないのか、どっち？

そして、死ぬと思っているなら、その理由を教えて頂戴」

「そういう極端な話ではないのです。一般論として、病気の治療は早ければ早いほどいいという事です」

「一般論？　何、それ？　今までの話はアキの事じゃないの？」

「一般論でもあり、アキちゃんの事でもあります。早い治療が重要なんです。そうでないと、万が一の事もあり得ます。……一般論として」

「そんな仮定の危険を回避するため、アキに被曝しろって言うのね！」春子の目が吊り上がった。

駄目だ。どうしても話が嚙み合わない。

彼女は自分の娘が死ぬかもしれないという可能性を排除している。だから、彼女の死を回避するために、本来とらなくてはならないリスクを一切とることができないのだ。

「もう一度、現状を纏《まと》めて説明します。現在、この車はB病院に向かっています。到着には二時間半も掛かります。一方、お嬢さんは現在、激しい症状で苦しんでおられます」

本当はここで推測される病名とその危険性・治療法に言及したいところだが、俺がそう言った途端に春子は俺が医者でないことを理由に俺の言葉を全否定し始めるだろう。今、無駄に議論を堂々巡りさせることは得策ではない。

「病気の治療のためには、一刻も早く検査を始める必要があります。二時間半も掛けてB病院に向かっていては、治療開始が遅れて、お嬢さんの苦痛を無駄に長引かせることになります。だから、我々としてはA病院をお勧めするのです」

春子に苦悶の表情が現れた。どうやら、少しは俺の言葉を検討してくれているらしい。あと少し頑張れば、彼女の頑《かたく》なな心の壁を突破できるかもしれない。

「自分の身と置き換えて考えてください。短時間のX線検査をするのと、長時間激痛に苦しむのと、どっちをとりますか？」

俺がそう言った瞬間、春子の瞳に強い光が灯った。どうやら、決心したらしい。俺はほっと一息ついた。

「一瞬、迷ったけど、あなたの言葉がヒントになったわ。そうよ。自分に置き換えて考えてみればよかったのよ！」

「そうなんです。子供と言えど、自分と違う人間ですからね。なかなか想像できないこともあるんですよ」

「本当に馬鹿馬鹿しい。こんなことわざわざ較べてみる必要すらなかったわ」

「子供が大きな病気をすると、誰でもそうなりますよ。まあ、ちょっとしたパニック状態になって、理屈が通らない言動をしてしまう訳です」

「X線検査は断固拒否するわ。このまま、B病院に向かって頂戴」

「えっ？」

「聞こえなかったの？　このままB病院に行くわ」

「わたしの話を聞いてましたか？」

「ええ。自分に置き換えて考えろってことよね。だから、B病院に行くことにしたの。わたしはX線被曝なんて、真っ平御免だわ」

しまった。いっきに片を付けようとして言った言葉が裏目に出てしまったようだ。

そもそも、彼女は娘が死ぬかもしれないと考えることすら拒否する程、想像力が不足しているのだ。実際に自分が経験している訳でもないアキの苦痛のレベルを慮《おもんぱか》ることなどできるはずがないのだった。

「はい。向かっています。だけどもう少し、わたしの話を聞いていただけますか？」

それから二時間、俺はずっと春子への説得を続けた。

アキはだんだんと弱っていき、痛みの発作が来てもわずかに顔を顰《しか》めるだけで、泣き叫ぶことはなくなった。これは痛みが軽減してきているのではなく、痛みを訴える力すら失われていることを意味する。極めて危険な状態にあるということだ。

俺は説得を止《や》めた。

仮に説得に成功したとしても、今からでは、もう手遅れだ。このままB病院に行った方が早い。

病院に着くと、俺は医師に詰問された。

主に、最初の一一九番通報から半日以上経っていることについての理由を訊《き》かれたのだ。

俺は正直に答えたが、医師は納得していない様子だった。当然だろう。そんな説明では、俺だって納得しない。

アキはすぐに超音波検査室に連れていかれた。

春子も医師に連れられていった。

もうこれで安心だ。

俺たちは救急センターへと戻った。


仮眠を取っているところを起こされた。

例の母親がまた一一九番に通報してきたらしい。

また、あの娘の件なのか？

それはわからない。だが、たぶんそうだろう。そして、おまえを指名してきた。

俺はもう勘弁してほしい。二回も行ったんだから、今度は別の誰かに行かせてくれ。

しかし、おまえを指名してきたんだ。

ホストクラブじゃあるまいし、利用者の指名に一々応える必要はないだろ。むしろ、応えちゃ、拙《まず》いんじゃないか？

でも、すでに一度応えてしまっていることだし。

いや。その理屈はおかしいだろう。指名に応えたんじゃなくて、たまたま同じ人間が行っただけだ。そう言っておけば問題ないだろ。

そんな簡単な話じゃないんだ。みんな行くのを嫌がっているんだ。

馬鹿な。救急隊員が救急出動を嫌がってどうするんだ？

救急出動自体を嫌がっている訳じゃない。ただ、今回の場合、ほら、おまえが相手をすっかり拗《こじ》らせちまったから。

待ってくれ。俺のせいなのか？

じゃあ、誰のせいだ？　あの母親自身のせいにはできないだろ。

どうして？

向こうは素人で、かつ混乱している。おまえが的確に指示する必要があった。

俺以外の誰が行っても結果は同じだよ。

そんなこと、どうしてわかる？

じゃあ、誰か行って、彼女を説得してみるといい。できるもんならな。

だから、もうおまえが拗らせちまってるから、誰も行きたがらないんだよ。

どうしても、俺に行けってのか？

それが責任ある大人の態度というものだろう。

なんだか、言い包《くる》められた様な気がしたが、俺は三度、春子の家に向かうことになった。

アキは辛うじて意識はあるようだが、はあはあと苦しそうな息をするばかりだった。すでに重体の状態であることは間違いない。この状態でまだ家にいることが異常だった。

「どうしたんですか？」俺は掠れた声で尋ねた。

「B病院から連れて帰ったのよ」春子が言った。

「タクシーで？」

「ええ」

「よく乗せてくれましたね」

「前の方が時々泣き叫んだので、大変だったわ。今回はアキもだいぶ落ち着いてきたので、静かでよかったわ」

落ち着いているんじゃない。もう体力が残っていないんだ。

「先生は退院してもいいと言ったんですか？」

「まさか。入院手続きもしていないわ。あんな病院はこっちから願い下げよ」

「何があったんですか？」

「誤診したのよ」

「あの病院の医師がですか？」

「ええ」

「どんな誤診をしたと言うんですか？」

「この子の腸は壊死しているので、開腹手術をしなくてはならないなんて言うのよ」

「それがどうして誤診なんですか？」

「だって、そんなたいそうな病気のはずないじゃない」

「どうして、たいした病気じゃないとわかるんですか？」

「常識的に考えて、そんな大変な病気だったら、こんな暢気《のんき》にタクシーで移動できる訳ないじゃない」

「ええ。常識的に考えてあり得ないことだと思います」

「ねっ。こんな誤診するなんて酷《ひど》い病院だわ。安心して入院なんかさせられない」

当然のことだが、彼女は自分の判断ミスに気付いていなかった。

「誤診じゃない可能性もあるんじゃないでしょうか？」俺は気付かせようとして質問して

みた。

「誤診じゃない可能性？　あなた、アキがそんな重症だと言いたいの？」

「あくまで可能性の話です」

断言してはいけない。断言した途端、彼女は話自体を拒絶してしまうだろう。

「そんな可能性ないわ。アキの腸が壊死？　そんなことが本当だったら、可哀そう過ぎるわ。そんな状態で何時間も車で揺らされていたなんて」

「そうですね」

「そんな可哀そうなことは許されるはずがないわ。だから、それは誤診なのよ」

論理的にめちゃくちゃだが、彼女の中では筋が通っているのだろう。だとしたら、通常の論理で論破するのは不可能だ。正しいことを言っても、彼女の中の論理で否定されてしまう。そして、彼女は自分の論理しか信じていない。

じゃあ、どう言えばいいのか？

「では、すぐにセカンドオピニオンを求めましょう」俺は提案した。

「セカンドオピニオン？」

「『第二の意見』という意味の英語です。つまり、別の医者に診察して貰い、診断して貰うのです」

「そんなことをしてどうなるの？」

「別の結論が得られたら、最初の医者の診断が間違っている可能性があるということになります。逆に同じ結論が得られたら、その診断結果は信頼できるものだということになります」

春子は考え込んだ。「同じ結果になることはあり得ないわ。最初から結果が分かってるんだから、無駄なんじゃない？」

「そうとは限りませんよ」

同じ結果になる可能性は高い。だが、彼女にそんなことを言えば、他の病院に行くこと自体を拒絶されてしまうだろう。

「正しい病名・病状が確認できれば、効果的な治療を受けることができます。そうすれば、病気が早く治ります」

「わたしも、どこか別の病院に行った方がいいと思ったわ。だから、あなたを呼んだの。……でもね、アキは落ち着いてきたし、このまま家で治してもいいんじゃないかと思うのよ」

あまりよくない方向に考えが進んでいる。進路を修正しなくてはいけない。

「でも、万が一ということもありますよ。病気によっては、早期に完治させないと、後遺症が残ったりすることもあるんです」

「後遺症？」春子は眉間に皺《しわ》を寄せた。

「結構、厄介なものもあります。一生腰痛に悩まされたり」

「それは困るわね。……わかったわ。セカンドオピニオンを受けるわ」

いいぞ。

「それでは、病院はどうしましょうか？　ここで受けたいというところはありますか？」

「それは特にないわ」

「じゃあ、わたしの方で決めて構いませんか？」

「いいんじゃない」

うまく承諾を貰った。

「じゃあ、一度受け入れ許可を貰ったA病院でセカンドオピニオンを受けることにしましょう」俺は救急車に向かって歩き出した。

さあ。うまくいってくれ。

だが、春子からの返事はなかった。

俺は振り返った。

春子は鬼の形相で俺を睨み付けていた。「A病院だったら、意味がないのよ!!　あそこに行ったら、被曝するのよ!!」

やはり駄目だった。うまく乗せられればよかったのだが……。だが、これは仕方がない。

「わかりました。他を探しましょう」

B病院は受け入れ可能だが、これも彼女が承知しない。したがって、瀕死の幼児の受け入れとX線検査拒否を同時に許諾してくれる救急病院を新たに探さなくてはならないということになる。これは絶望的な作業に思われたが、数十分後にやっと条件に沿う病院が見付かった。

「別の県のC病院になります。ただし、かなり遠方なので、今から四時間掛かります」

「ええ。そこでいいわ」

俺はもう近くの病院にしようと彼女を説得するようなことはしなかった。

そして、四時間の間、ほぼ無言でC病院に向かった。

途中で、アキの意識がなくなった。

ようやく、C病院に到着した。

俺はアキを医師に引き渡した後も、その場に残った。

どうしたんだ？　俺たちの仕事はもう終わりだぜ。

そうだな。

次の患者が待っている。さあ、帰ろう。

帰りたいのは山々だが、もう少し様子を見よう。

どういう訳だ？

この病院でも、おそらくB病院と同じ診断が下されるだろう。

そりゃそうだろ。どんな病気かは俺達でもわかる。

そして、開腹手術ということになる。彼女はどうするだろうか？

そりゃ、拒否するだろうな。

娘を連れてまたタクシーで家に帰る訳だ。そうなったら、どうする？

母親が決めたことなら、仕方がない。病院にはどうしようもない。ましてや、俺たちに口を出す権利はない。

だが、あの子供はどうなるんだ？

子供は親を選べない。可哀そうだが、不運だと思って諦めるしかないんだよ。

俺には見過ごせない。

そうかい。じゃあ仕方がないな。

とりあえず、玄関で彼女が来るのを待とう。

一時間程すると、予想通り、春子はぐったりしたアキを抱きかかえて、玄関にやってきた。

「どうしました？」

「駄目だわ。ここも誤診したわ。どこもこんな調子だったら、家で様子を見るしかないわ」

「今日はもう遅いですから、ここで様子を見たらどうですか？」

「ここにいたら、入院という事になってしまうわ」

「じゃあ、いっそ数日入院するのはどうですか？」

「でも、開腹手術をするって言うのよ」

「手術以外の治療を受ければいいんじゃないですか？」

「きっと、手術をしろと言ってくるわ」

「わかりました。わたしも先生と掛け合いましょう」

俺は春子を伴って担当医師のところに向かった。

医師は俺の事を不審に思ったらしい。当然だ。救急隊員が治療方針に口を出すなどということがあるはずがない。

医師は俺の事を患者の身内か何かかと尋ねた。

俺は否定した。そして、とりあえず、開腹手術以外の治療から進めて欲しいと懇願した。

そして、耳元で素早く、彼女を説得するとも言った。

だが、医師は首を振った。たとえ開腹手術をしても、かなり危険な状態だ。手術できないのなら、生命の保証ができない。そんな状況で患者を受け入れることは不可能だと言った。

春子は鼻息荒く、じゃあ、結構です、こちらからお断りです、と言って、アキを連れていってしまった。

俺は春子の後を追った。

「別の病院を探しましょう」

「もういいわ。家に帰ろうと思うの」

「いいえ。せっかくここまで来たんですから、ちゃんと治療を受けた方がいいです」

「たいした病気でもないのに、救急車を呼んだわたしが悪かったのよ」

「ちょっと待ってください」

俺は必死で受け入れ先の救急病院を探した。

今度は奇跡的にすぐ見つかった。場所はここから一時間半ぐらい。

「D病院です。ここに行ってみましょう」

「でも、そこでも開腹手術が必要だと言われたら、どうするの？」

それはこっちの台詞だ。三か所の病院で同じ診断結果だったら、それは真実だと考えるのが普通だ。そして、彼女がそう考えてくれることを祈っている。だが、今、そのことを言っても彼女は受け入れられないだろう。

俺が最も恐れるのは、そうなっても、彼女がまだ現実を受け入れられない場合だ。その時、俺に何ができるのだろうか？

だが、考えていても仕方がない。

「もしそう言われたら、その時考えればいいじゃないですか」

「一時間半も車に揺られて、それで無駄足になるのは辛いわ。もうだいぶ遅いし、やっぱりこのまま帰るわ」

駄目か。

俺が絶望し掛けた時、アキがうめき声を出した。「痛いよ……」

「えっ？」春子が言った。「アキちゃん、痛いの？」

アキは力なく、こくりと頷き、そしてそのまま再び意識を失った。

「アキが痛いって……」春子は呆然と立ち尽くしていた。

アキが苦痛を訴えてくれたことで、事態が好転したかもしれない。

「アキちゃん、苦しいようですし、やっぱりこの病院で診てもらいましょう」俺は畳み掛けるように言った。

「ちょっと黙ってて!! 今、考えているんだから」春子は唇を嚙んだ。「この子はやっぱり病気みたい。医者に見て貰わなきゃ……」春子はC病院の方を振り返った。「やっぱり駄目。お腹を切るなんて、そんなことできるわけない」

「開腹手術自体はそんな難しいものじゃありませんよ」

「そんなことを言ってるんじゃないの。こんな小さな子のお腹を切るなんて。そんな野蛮な方法じゃなくて、もっとましな治療ができる病院に行くわ」

「さっき、わたしがされた質問を返しますが」俺はごくりと唾を飲み込んだ。「もし、次の病院でも、開腹手術が必要だと言われたら、どうしますか?」

「その時は……」春子は口籠った。「いいえ。そんなことあるはずないわ。この子の病気はきっと治る。開腹手術なしでね」

俺は落胆しつつも、一縷《いちる》の希望を抱いて、D病院に向かうよう、運転手に指示した。

一時間半後、D病院に着き、医師にアキを引き渡した。

医師はアキの状態を見て絶句した。

どうして、こんな状態になるまで放置したのかと、問い詰められた。

親御さんの希望で、と俺は力なく答えた。

医師は俺を睨み付け、検査室へと消えた。

しばらくすると、春子の怒号が聞こえた。

よくは聞き取れなかったが、あなたがたに大事な子供を預ける訳にはいきませんとか、
そのような内容だったように思えた。

ああ。やっぱり。

俺は心底落胆した。

どうするんですか？　運転手が言った。

どうするって？

これ以上、まだ付き合うんですか？

どういう意味だ？

もうやれることはすべてやりましたよ。何度繰り返しても同じ事です。

でも、放置する訳にはいかないだろう。

我々がやってることは放置するのとどう違うと言うんですか？

放置してしまえば、もうそれでおしまいだ。だが、こうして、一緒にいれば説得に応じてくれる望みがある。

本当にあるんですか？

わからない。しかし、それに懸けても損はないだろう。

いいですか？　これは我々にとってリスクなんですよ。

どういうことだ？

救急搬送に何時間も掛けるということがそもそもイレギュラーなんです。

まあ、そうだが。

そして、その搬送はまだこれからも続くんですよ。もし、その間に万一の事があったら、どうするんですか？

そんなことが起こらないように頑張っているんじゃないか。

マスコミは我々を叩きますよ。

叩く理由があるか？

搬送に何時間も掛け、次々と病院を変えた。病院側は受け入れを表明しているのに。

それは、あくまで患者の家族の要望を優先したからだ。

そんな言い訳、誰が聞くんですか？　我々はちゃんと病院に送り届け、その後患者の家族が勝手に退院させても、それは我々とは全く関係ないことです。我々に落ち度はありません。しかし、患者の家族に関わり過ぎた。こともあろうに、患者の家族と一緒に病院の治療方針に異を唱えたのです。何かあった場合、我々の責任になってしまう公算がとても高いのです。
じゃあ、あの子を見殺しにすればよかったというのか？
ええ。どうせ、あなたにはあの子を助けることはできなかったのですから。
俺はさらに次の病院を探した。
やっと見付かったのはE病院。もはや別の地方の病院で、二時間半掛かる場所だ。
少しずつ空が白んできた。
俺は少し転寝《うたたね》をしてしまった。
アラームで目が覚めた。
バイタルの異常だ。心臓が停止してしまっている。
「どうしたの？」春子が訊いた。
「容態が急変しました。ＡＥＤを試みます」
ぼん。
心臓は動かない。
ぼん。
心臓が動き出した。
「今、心臓の活動が回復しました」

「えっ？　何？　心臓が止まったの？」

「一瞬止まりました。しかし、回復しました」

「どうしたの？　なんで心臓が止まったの？」

「おそらく腹膜炎が切っ掛けで多臓器障害が起こり、それが心臓への負担となったのでしょう」

「どうして、そんな事が起きるのよ？」

「おそらく病院で言われたように腸の壊死が始まっているのでしょう」

「嘘よ。どうして、そんな出鱈目《でたらめ》を言うの？　医師でもないのに」

「はい。医師ではありませんが、救急に従事していれば、いろいろな病気の知識は自然と身に付きます。お子さんの病気は早期治療が必要なのです」

「そんな出鱈目を信じると思ってるの？」

「信じるとは思っていません。それから、出鱈目ではありません」

「まあ。いいわ。とにかく病院に急いで頂戴」

また、アラームが鳴った。

「助けて！」春子が叫んだ。

ぼん。

心臓は動かない。

ぼん。

心臓は動かない。

ぼん。

心臓は動かない。

俺はそこで止め、心肺蘇生機をセットした。

「どうしたの？　心臓は動きだしたの？」

「まだです。今、心肺蘇生を試みています」

「もう一度、電気ショックをして」

「電気ショックだけでは、蘇生しない場合もあります。血流と呼吸が止まったまま、放置するのは危険です」

数分経っても、拍動も自発呼吸も回復しない。

俺はもう一度ＡＥＤを試みた。

やはり、心臓は止まったままだ。

これはもう動かない。

俺は直感した。

最悪の事態になってしまった。

春子は縋《すが》る様な目で俺を見ていた。

俺は何も言わずに、心肺蘇生とＡＥＤを繰り返した。

これ以外、何もできない。

「どうしたの？　大丈夫よね？　あなた救急隊員だもの」

救急隊員は神じゃない。それどころか、医師ですらない。なぜ、俺にそんな力があると思うんだ？

「これはいわゆる『心肺停止状態』ということになります」

「それって、ちょっと具合が悪いだけよね。死んだりするようなことはないわよね」

心肺停止状態には死亡も含まれる。医師ではない者が患者の死亡を宣告することはできない。だから、心肺停止と言う。もちろん、初期の心肺停止なら、蘇生することもありうる。だが、心肺停止後、数分で蘇生確率は急速に低下する。三十分以上蘇生しないような場合は、常識的には絶望と考えられる。

「わたしには判断する権限がありません。病院で先生に訊いてください」俺は掠れ声で言った。「病院……。そう。近くの病院で構いませんか？」

「いいえ。Ｅ病院に行って頂戴。Ｘ線検査や開腹手術をされたりしたら、たまらないわ」

ああ。この人は現状を全く理解していないんだ。

説明して、近くの病院で死亡確認をして貰うべきだろうか？

だが、春子を説得するのは相当難しいだろう。それに、今更急いでも、アキの命は戻らない。

俺は春子の希望通り、E病院に向かった。


アキの搬送が終わった。

俺は救急車から降り、その場に立ち尽くしていた。

いつの間にか、仲間たちはいなくなって、その場にいるのは俺だけになっていた。

やがて、悪鬼のような形相になった春子が戻ってきた。

俺はどう声を掛けるべきか悩んだ。

春子は真っ直ぐに俺に近付いてきた。俺の目を直視している。

恨み言を言うつもりなのか？

俺に落ち度はない。悪いのは彼女だ。

いや。本当にそう言い切れるのか？　彼女に振り回され、結果的に幼い命を失ってしまったのは、俺の責任でもあるのではないか？

何を言うべきだろう？　悔やみの言葉を掛けるべきか？　それとも、謝罪すべきだろうか？

春子の目は俺を貫いていた。

駄目だ。何も言えない。

俺は無理やり口を開き、言葉を絞り出した。

「この度はいったいなんて言っていいか……」

「最低だわ」春子は言った。

ああ。確かに、俺は最低かもしれない。

「本当に申し訳なく思ってます。しかし、我々はこれでも、最善を尽くしたつもりなんです」

「それはわかってるわ。最低なのはここの医者」

「えっ？　何かありましたか？」

「本当に馬鹿馬鹿しくて話にならないわ」

何を言ってるんだ？　娘の死に取り乱しているのか？

「何かあったんですか？」

「誤診よ」

彼女は何のことを言ってるんだ？

ここに来た時、アキはすでに亡くなっていた。だから、診断も誤診もない。医師はただ死を確認するのみだ。

「誤診ですか？」

「そう。誤診よ」

「いったい何を間違ったんですか？」

「アキのことをね。死んでるっていうのよ。ただの心肺停止なのにね」

俺は彼女が何を言っているのか、なかなか理解できなかった。

ただの心肺停止？　ひょっとして、彼女は心肺停止は死と関係のないある種の状態だと思っているのか？　爬虫類や栗鼠《りす》が生態活動のレベルを低下させて冬眠し、その状態から回復するように、人間は長時間心肺停止になっても、回復できると思っているのではないか？

どう言えばいいんだ？　彼女を納得させるにはどんな言葉を掛ければいいんだ？

「それは……」

彼女を悲しませてどういう得があるというのだ。

「酷いですね。完全な誤診です」

俺はこの時に一線を越えたのか？　あるいは、このずっと以前にすでに一線を越えていたのか？

「じゃあ、次の病院を探してくれるわね」

彼女の腕の中にアキが抱かれていることに気付いた。

どうして、今まで気付かなかったのか？

俺は頷くと、春子とアキと共に車の中に入った。

暗く霧が棚引き、朝なのか夜なのかも判然としない。

俺は病院を探す。

もうX線のことは気にしなくてもいい。アキのX線検査を行おうとする病院はないだろうから。

俺は近い順に救急病院に電話をする。

はい。三歳の幼児です。少し前まで腹痛を訴えていましたが、今は意識がありません。

たいていここで断られる。

さらに病状を訊かれることもある。

体温・脈拍ですか？　実を言うと、心肺停止状態です。ええ。蘇生術は試みています。

ここで断られることもあるし、すぐに連れてこいという場合もある。

俺は春子と共に診察室に入る。
残念ですが。
医師が言う。
何が残念なの？
すでに、ご臨終です。
ほら。また、誤診だわ。
春子は笑った。
そうですね。誤診ですね。
俺も笑う。
そして、二人でアキを車の中に連れていく。
いつの間にか救急車は普通の乗用車に変わっていた。
そして、俺は次の病院を探す。
アキは干からび、小さくなっていった。
いつからか車の中に蠅が増えていった。
春子が納得する診断はまだ誰も出してくれない。

幸せスイッチ

ある日、うちは耐え切れない苦痛と絶望に打ちひしがれ、死を決意した。その時、ふとある広告が目に留まったのだ。

すべての苦痛からあなたを解放します。幸せスイッチ。

子供時代はそれほど不幸でもなかったように思う。

両親はうちを大事に育ててくれた。自分ではあまり認識していなかったが、友達よりは贅沢な暮らしをしていたように思う。

勉強はそれほど熱心にしなかったが、家庭教師を付けてくれたおかげで、中学からはエスカレーター式の学校に入れた。そして、そのまま殆《ほとん》ど受験勉強もせずに、高校に進学できた。

不幸は高校二年の夏に突然襲ってきた。

授業中、うちは突然、呼び出された。警察から学校に、両親の乗った飛行機が事故に遭ったと連絡が入ったとのことだった。

本来、うちも一緒にその飛行機に乗るはずだった。うちが学校の休暇の日付を勘違いしていたため、父が家族旅行を一日早めに予約してしまったのだ。最初、うちは学校を休むつもりだったが、父がそれはいけないといって、うちの分だけ行きの便をキャンセルして、一日後に予約しなおした。うちは次の日、一人で出発して現地で合流する予定だったのだ。

もし、うちが休暇の日付を勘違いしなければ、両親はあの飛行機に乗ることはなかったはずだった。うちは自分を責め、泣き暮らした。

不幸中の幸いにも、両親は多額の貯金と保険金を残してくれていたため、当面の生活費に困る様なことはなかった。贅沢さえしなければ、このまま大学にも進学でき、卒業してもしばらくは生活できそうな具合だった。

うちは両親の思い出が詰まった家から離れる気になれず、遠い親戚に形式的な保護者になって貰い、そのまま一人暮らしを続けることにした。

そんな時、うちはヒロシに出会った。

うちは悲嘆にくれ、両親の死から数か月経っても、まだ学校に通う気になれなかった。かと言って、ずっと家に閉じこもっている事もできず、時々あてもなく街をぶらつくようになっていた。

そんなうちはもちろん隙だらけに見えたに違いない。ある日の夕暮、数人の若い男たちが声を掛けてきた。

「ねえちゃん、暇やったら、俺らと遊ばへんけ？」

うちは素性の知れない輩《やから》についていく程には荒《すさ》んでいなかった。単に無視をして通り過ぎようとした。

「待てや！　暇なんやろ！　ちょっと付き合《お》うてくれてもええやないか!!」

「ごめん。急いでるねん」うちは強引に逃げようとした。

「待て、言うとるやろが！」男はうちの腕を掴んだ。

うちは周囲を見回した。

間の悪いことに、周囲には彼ら以外誰もいなかった。

「放して！　放してくれへんかったら、大声出すで！」

「出したらええやないか。誰も助けになんかきてくれへんで」

うちは手を振り切って逃げようとした。

だが、別の男がもう一方の手を掴み、さらに口を押さえられた。

うちは手に噛み付こうとしたが、強く押さえられていたため、どうにもならなかった。

鼻も同時に押さえられていたため、だんだんと息が苦しくなってきた。意識が遠くなり、汗臭さと塩辛さの中、何本もの手で身体をまさぐられるのを感じた。

「おまえら、なんちゅうことしとるんや?!」

「あ？」

締め付けが少し緩んだ。

「なんや、おまえか」暴漢は言った。

「おまえら何しとるねん？」背の高い男は暴漢たちを睨み付けた。

「何でもないわい」

「なんでもないことないやろ。その女、何や？」

「これは、……俺の女や」

「ほんなら、なんで口押さえとるんや？」

「ちょっとした遊びや」

「遊びかどうか訊《き》いてみるから、その手ぇ離せや」

「偉そうな口きくなや!!」暴漢は凄んだ。「おまえ、関係ないやろ」

「ところがな、関係あるんや。それ、俺の女や」

「えっ？　う、嘘吐《つ》くなや」

「ほう。嘘や思うんか？　なんやったら、どつき合いしてもええんやで！」男性はこちらに向かって歩き出した。

暴漢たちは後ずさった。「違うがな。冗談やがな。可愛い女の子おったさかい、からこうただけや」

暴漢たちはうちから手を離して、逃げていった。

「大丈夫か？」男性は優しく尋ねてくれた。

うちはあまりの事に衝撃を受けて、しばらく話せなかった。

「あっ。悪い。悪い。『俺の女』とか言うたから警戒してるんやろ。あれはあいつらびびらせるために言うたんや。あいつら、いきがっとるけど、ほんまは俺の事、怖いんや。そやから、俺の女や言うたら、びびって逃げよる思たんや。まあ、本気でどつき合いなっても、あの人数やったら、負ける気ぃ、しぃひんけどな。あんた巻き込んだらあかん思て」

「ありがとうございます」うちは漸《ようや》く頭を下げることができた。

「いや。かまへんねん。あんたみたいな大人しそうな娘があんなやつらにおもちゃにされるん見たなかっただけやし」

「お名前と住所教えていただけますか？」

「名乗るほどのもんやない……と言いたいところやけど、このまま会えんようなるのも寂しいな。俺の名前はヒロシや」

「苗字も教えていただけますか？」

「それはさすがに照れくさいわ。ええやろ。苗字なんか知らんでも、話するんは問題ないやろ」ヒロシは連絡先も教えてくれた。

それから、数日後、うちの方からヒロシに連絡し、改めてお礼をした。

それが切っ掛けで、時々会うようになり、いつの間にか付き合うことになっていった。

初恋だった。

ヒロシはうちより十歳ほど年上だったが、そのことはそれほど気にならなかった。彼の見掛けと言葉使いは不良ぽかったが、その行動はとても紳士的で誠意に満ちていた。年の差はあったが、彼が一方的に優位に立つようなことはなかった。むしろ、ヒロシはうちの前で、隠すことなく正直に自分の弱点をさらけ出してくれた。うちは自分の悩みをヒロシにぶつけたが、ヒロシの方もうちを信頼して、様々な相談事をしてくるようになった。

うちは一人の大人の女として扱ってくれることがとても嬉しかったたし、感激もした。

そんなある日、ヒロシはいつものように悩みを打ち明けてきた。

「バイト先の社長がな、来年の四月から正社員にしたろかて言うてるねん」ヒロシはぽつりと言った。

「えっ？　ほんま？　ええ話やん」

「ええ話や。ええ話やけどな……」

「どないしたん？　なんで、黙るん？」

「いや。喋ったら、なんか誤解されそうでな」

「誤解って何なん？　ちゃんと説明してくれたら、誤解なんかしぃひんし」

「そういう意味と違《ちご》てな、なんかこれ言うたら、俺の意図が間違って伝わりそうというか
……」

「何やわからんけど、ちゃんと全部話して。それで、もし誤解してたら、また説明してくれたらええやん」

「そうか。そこまで言うんやったら、正直に言うわ。社長の言うにはな、正社員にはしたるけど、一つ条件があるって言うんや」

「条件？」

「社長が言うには、最近の若いやつは、最低限の給料さえ貰《もろ》たらええと思て、ちゃんと給料分働かんやつが多い。そやから、それを防ぐ保険として、正社員にはみんな会社の株を持って貰うことにしてる、ということなんや」

「どういうこと？」

「会社の業績が上がったら、株が値上がりするし配当も増える。反対に業績が下がったら、株は値下がりするし配当もなくなる。つまり、会社の業績に連動して、収入が変化するか

ら、単なるサラリーマンより一生懸命仕事に精出すようになるやろっちゅうことや」

「ええやないの。気張《きば》ったら気張るだけ、収入増えるんやから」

「まあな」

「そやけど、さっきは何か問題あるみたいな言い方やったけど……」

「そやねん。株持つのはええんやけど、その費用が結構高いねん」

「えっ?! 株、自分で買わなあかんの?」

「当たり前や。ただでやったりしたら、株貰た瞬間にみんな会社辞めてまうがな」

「そういうたら、お父さんの会社でも持株会とかあったと思うわ」

「そやろ。世の中そういうことになっとるねん」

「そやけど、持株会やったら、毎月一定額買う給与天引きの定額貯金みたいなもんやて言うてたような気がするけど」

「おまえのおとんの会社はそやったかもしれんけど、うちの会社は違うねん。最初にどばっと買わな、正社員になられへんねん」

「そうなんか。なんか大変やな」

「そんな暢気《のんき》な話やないんや。明日までに株買わんと、正社員の話はなくなってしまうんや」

「えっ⁈　どういうこと？」

「正社員になりたいバイトはぎょうさんおるんや。そやけど、株の数には限りがある。そやから、早いもん順で株買《こ》うて、株がなくなった時点で正社員の募集は終了や」

「株ってなくなるんや」

「ほんで、もう最後の一株になってしもたんや。俺の他にも正社員になりたいやつがいて、株を買うて手ぇ上げてるんやけど、社長は俺が正社員になりたがってるのを知ってるさかい、一日だけ猶予をくれたんや。明日中に株の代金を持ってきたら、そいつを蹴って俺を正社員にしてくれるて。まあ言うたら、俺は特別に目ぇ掛けられてるっちゅう訳や」

「ヒロシ、凄いやん」

「まあな。そやけど、明日までに金払えんかったら、もうチャンスはない。俺は一生バイトのままや」

「お金払えへんの？」

「貯金はたいたら、半額やったら、なんとかなる。そやけど、半額ではどうにもならん」

「いくらいるん？」うちはヒロシに尋ねた。

ヒロシの言った金額は両親の遺産の四分の一ぐらいの額だった。と言っても、当時のうちには、金の価値などまだぴんときていなかった。だから、それが大騒ぎする程のものだという実感もなかったのだが、今から思えば小さな一戸建てが買える程の金額だった。

「ああ。諦めきれんけど、諦めなしょうがないんや」ヒロシは頭を抱えた。

「それ、うちが出してもええんかな」うちは、おずおずと尋ねた。

「えっ？」

「そのぐらいのお金やったら、うち出せるよ」

「そんなんあかんて」

「なんで？」

「おまえはまだ子供やから、金の価値がようわからんと思うけど、これはごっつい大金なんや。そんな簡単に出すて言うたら、あかん額や」

「そやけど、そのお金がないと、ヒロシ、正社員になられへんのやろ」

「それはそうやけど」

「もし明日中に買わへんかったら、もう一生なられへんのやろ」

ヒロシは項垂《うなだ》れた。

「無理なことやったら、しょうがないけど、無理と違うねん。うちの持ってるお金でなんとかなるんやったら、それで株買《こ》うたらええやん」

ヒロシはじっとうちの目を見詰めた。「ほんまにええんか？」

「ええに決まってるやん。なんであかんと思うねん」

「そやけど、それはお父さんとお母さんが残してくれた大事なお金やないか」

「大事なお金やからこそ、大事な時に使うんや。うちの一番大切な人のチャンスのために使うんやから、二人も喜んでくれるわ」

「ありがとう。ほんまにありがとう」

「これで夢が適《かな》うんやから安いもんや」

それからひと月程経った頃、ヒロシは青い顔をしてやってきた。

「えらいことになってしもた」

「いったいどないしたん？　正社員になれたんやろ？」

「ああ。正社員にはなれたけど、会社が赤字になってしもうたんや」

「それってかなり悪いことなん？」

「二年続けて赤字出したら、倒産するぐらいや。一回でも出したら、銀行はかなりきつい条件出してくるし、株は暴落してしまう」

「給料下がってしまうん？」

「確かに、給料も下がるけど、もっと困ったことがあるんや」

「何？　まさかクビになるん？」

「そう簡単に首にはならん。そやけど、株の暴落分の補塡をしなあかんのや」

「そんなことしなあかんの？　でも、確か株って最初に出した分以上の損は出ぇへんのと違うかった？」

「えっ？　あっ？　いや。違うねん。これは従業員用の特別の株やから、下落した場合は損失補塡するという規則になってるんや」

「そうなんや」

「それで、今日中に補塡しんと、えらい事になってしまうねん」

「どうなるん？」

「株は全部没収されてしまうんや」

「没収されたら、どうなるん？」

「正社員の資格がなくなってしまうんや」

「また、バイトに逆戻り？」

「いったん正社員になったもんがバイトなんかできひん。そんなことしたら、格好の虐めの的になってしまう」

「ほんなら、どういう事？」

「会社辞めてしまうしかない」

「ええ？　そやけど、大金出して株買《こ》うたのに、会社辞めなあかんのはおかしいんと違う？」

「元々、そういう約束になっとるから仕方ない」

「そやけど、出したお金が無駄になってしまうやん」

「そやねん」ヒロシの目が真剣になった。「このままやったら、せっかく出して貰《もろ》た大金が無駄になってしまう。あのお金を生かすには、損失補塡をして株の没収を防ぐしかないんや」

「損失補塡できそうなん？」

「それがなあ……」

「できひんのん？」

「金額が金額やさかい」

「どれぐらい？」

「この間、出して貰《もろ》た分と同じぐらいや」

「そんなに……!!」

「ああ。多いようやけど、それが世の中の相場なんや」

「わかったわ。うちが出したげる」

「それはあかん」

「なんで？　前は承知してくれたやん」

「そやけど、今度も出して貰《もろ》たら、遺産は半分になってしまう」

「まだ半分あるやん」

「でも、それはおまえが大学に行く時の学費と生活費やろ」

「うち、そんなに勉強好きと違うし、高校出たらすぐ働こかと思てたとこやねん」

「……」

「そんな顔しんといて」

「わかった。損失補塡が出来たら、ずっと正社員なんやから、俺がおまえの学費出したる」

「そやから、うちは働くて言うてるやん」

「おまえはそんなことせんでええ。俺が生活費も学費も全部出したる」

「そんなことしてもうたら悪いやん」

「何にも悪いことなんかない。俺はお前に借りた金を返済するだけなんやから」

「まあ。そんな言い方したら、なんか普通のことみたいに聞こえるなぁ」

「普通と違う。こんな大金、ぽんと出せる女子高生なんかおるかいな」

「なんや。普通と違うのはうちの方か」

二人は見つめ合い、微笑《ほほえ》んだ。

ヒロシはうちをやさしく抱き締め、そしてキスをした。

そして、一週間後、ヒロシはまた真っ青な顔をしてやってきた。

「えらいことになってしもた」

「どうしたん？　また、損失補塡？」

「それどころやない。会社が潰れてもうたんや」

「えっ？」

「せっかく、おまえに出して貰《もろ》た金で買《こ》うた株も全部パーや」

「うちのお金なんかどうでもええねん。それより、ヒロシは大丈夫？　次の仕事先は見付かりそうなん？」

「就職先探すどころの話やないんや」ヒロシは頭を抱えた。

「いったいどないしたん？」

「俺、正社員になってから社長に気に入られてて、将来の重役候補やて言われててん」

「ヒロシ、能力あるからやん。きっと余所《よそ》でも成功できるて」

「いや。それで、重役候補の証拠として、社長の連帯保証人を任せるて言われたんや」

「連帯保証人て何なん？」

「つまり、社長が借金する時に、ちゃんと社長は借金返す、ということを保証する役割や」

「まあ。社長やから信用したんやろ」

「ところが社長は会社倒産したら、借金返さずに逃げよったんや」

「悪い社長やな。警察に届けたらどうや？」

「借金返されへんだけで、警察は捕まえへんで。問題は金貸しの方や」

「借金したのは社長やねんし、ヒロシは別に関係ないやん」

「関係ないことはない。俺は連帯保証人やから」

「ああ。そうか。ヒロシが社長を保証したんか。そやけど、しゃあないやん。ヒロシも騙されたんやろ。ちゃんと金貸しの人に謝っとき」

「そやからそれでは、すまんのや。連帯保証人ちゅうのは、借り手の代わりに借金を返済しなあかんのや！」

「ええっ？」

「もう俺の人生はおしまいや」

「そんな借金ぐらいで、おしまいなことないて。ローンとかで返したらなんとかなるんちゃうの？」

「それが社長はめちゃくちゃな高利貸しに借りてたんや。十日毎に一割利子とられるんや」

「ちょっと待って。借金てどのぐらいあるの？」

「そやな、この前、おまえに借りた額の二倍ぐらいや」

「十日毎にその一割払わなあかんの？」

「そうなんや。俺には絶対に無理や」

「払われへんかったらどうなるの？」

「売られてまうと思う」

「ヒロシが売られるの？」

「そうや」

「どういうこと？　今の日本に奴隷なんかいてへんやろ」

「建前上はな」

「えっ？　ほんまはいるの？」

「国内でも、奴隷使《つこ》とるとこはぎょうさんある。海外やったら、もっとおおっぴらに使《つこ》とるとこもある」

「ヒロシ、奴隷になってまうん？」

「奴隷やったら、まだましや。切り売りされてしまうかもしれへん」

「切り売りって何？　人間の肉、食べる人いてるん？」

「食うんやのうて移植するんや。いろんな臓器をあっちこっちにばら売りするんや」

「そんなんしたら、死んでしまう」

「そや。死んでしまう。最初は生きているうちに心臓と肺をとられるんや。その後は死体から次々切り取っていく。目玉とか腎臓とか肝臓とか皮膚とか骨とか」

「怖い！　どうしたらええん？」

「一つだけ、方法がある」

「どんな方法？」

「借金を一括返済してしまうんや」

「えっ？　そんだけでええの？」

「そんだけというか、それしか方法はない」

「それやったら、返したらええやないの」

「簡単に言うけど、どこにもそんな金はないやろ」

「あるやん」

「どこに？」

「うちの預金口座に」

「それはあかん」

「なんで？」

「俺、どれだけおまえから借りてると思てるねん？」

「うちの全財産の半分や」

「ほんなら、この金借りたら、全財産なくなってまうやないか」

「別にかまへんやん」

「かまうわ！　この先、どうやって食うていくねん？」

「それはあんたが養ってくれるんやろ」

「それはそうやけど……」

「うちの一生はあんたに任せてるさかい、残りの財産もうちにとっては、いらんお金や」

「いくらなんでも、男として女にそこまで甘えられるかい！」

「甘えとは違う。あんたはちゃんと返してくれるんやから」

「いつまで掛かるかわからんぞ」

「いつまで掛かってもええよ。二人は一心同体なんやから、元々貸し借りなんてあってないようなもんや」

「おまえはほんまにええ女や」ヒロシはうちを抱き締めた。「一生離さへん。一生大事にするで」

その時、うちは全財産を失ったけど、幸せの絶頂にあった。

それから、ヒロシからの連絡は途絶えがちになった。

ヒロシは住所を教えてくれていなかった。万が一、うちが訪れてしまったら、借金取りに見つかって迷惑を掛けてしまうからという理由だった。

絶対に家には行かないから教えてくれと言うと、絶対に来ないなら知る必要はないだろうと笑われてしまった。それっきり住所の話はしなかったのだ。

うちからの電話やメールにヒロシが返事をすることはまずなかった。

逆にヒロシから連絡が来ると、うちは嬉々として返事をした。

ヒロシからの連絡は毎日から一週間に一度となり、月に一度となった。

だが、ヒロシからの連絡の後は必ず会うことができた。

ヒロシは相変わらずうちに優しかった。

「借金はどうなったん？」うちは思い切って尋ねた。

「ああ。あれな……」ヒロシは面倒そうに言った。「あれは片付いたわ」

「ほんなら、仕事は？」

「それは今探してる」

「バイト？　なんでそないなもんせんならんねん？」

「そやかて、あの……」

「なんや。言うてみ」

ヒロシの優しげな目に安心して、わたしは言った。「もう生活費がないんよ」

「はっ？」

「あんたにお金あげてしもたから、うちのお金なくなってん」

「知ってるで」

「そやから、このままやったら生活ができんようになるんよ」

「なんや？」ヒロシの顔色が変わった。「金、返せっちゅうんか？　あれは貰《もろ》たもんや。今更返されへんで」

「そんなん言うてるん違うんよ」うちはどぎまぎと言った。「あんた、うちの生活費出してくれるて」

「そんなこと言うたかな？」

「えっ？」

「言葉の綾っちゅうやつちゃうかな？」

「言葉の綾？　でも、あんた、確かにうちを養ってくれるて……」

「おまえ、俺の収入、当てにして金出したんか？　全部打算か？」

「そんな訳ちゃうけど……」

「ほんなら、ぐだぐだ言うなや！　自分の生活費は自分で工面するのが常識やろ！　甘えんな、ぼけ!!」

「そやけど、実際にお金がないと、うち食べて行かれへんし、この家の家賃も払えへんようなる……」

「おまえ、女やろ」

「うん」

「ほんなら、その気になったらなんぼでも稼げるやろ!!　自分の事は自分でせぇ。他人に頼るな」

「あんた、何かおかしい」

「おかしいのはおまえの方じゃ、金、金、金、て、金の亡者か!!」

うちは言い返す言葉が見付からず黙ってしまった。

それからしばらくヒロシからの連絡が途絶えた。

一人で暮らすと啖呵《たんか》を切った手前、今更遠縁の親類に生活資金を出してくれと頼む訳にもいかず、うちは仕方なく、家の中の家財道具や、両親の形見の貴金属や宝石を売ることにした。想像していたよりも遥かに安くしか売れなかったが、それでも節約すれば、なんとか生活が送れそうだった。

しかし、爪に火を灯すような日々にも、嬉しいこともあった。一刻も早くヒロシに報告したかったが、こちらから連絡してもなしの礫《つぶて》だった。

そして、漸くヒロシから電話があった。

「今日、家に行くで」

「よかった。あんたに言わなあかんことがあってん」

「なんや？　悪い話やないやろな。言うとくけど、金は返されへんで」

「違うねん。めちゃくちゃ嬉しいことやねん」

「金が入る当てでも見付かったんか？」ヒロシの声が弾んだ。

「それより、もっと嬉しい事や」

「勿体ぶらんと言えや」

「ううん。まだ言わんとく、答えは来ての楽しみや」

数時間後、ヒロシが家にやってきた。

うちはヒロシに飛び付くとキスをした。

「それで、何や？　嬉しいことて」

「これ見てみ」うちはプラスティックのスティックを見せた。「ここ赤《あこ》うなってるやろ」

「何じゃ、こりゃ？」

「妊娠判定薬や」うちは嬉々として答えた。「病院行ったら、三か月やて」

ヒロシの顔は見る見る険しいものになった。

「それ、冗談か？」

「冗談？　冗談な訳ないやんか」

「おまえ、いつも大丈夫や言うとったやないか」

「妊娠しぃひんとは思てたんやけど、時にはずれる時もあるねん」

「ほんまに俺の子か？」

「えっ？」

「誰か他のやつの子と違うんかい？」

「そんな訳ないやん。……それ、冗談？」

「俺は知らんぞ」

「知らんて……」

「子供なんか要らん。堕せ！」

「喜んでくれへんの？」

「何で欲しもない子ができて嬉しいねん」

「うちとの子欲しないの？」

「なんで、おまえなんかとの子が欲しいねん」

「うちと一緒になってくれるんやろ」

「あほか？　金もないような辛気臭《しんきくさ》い女なんかに一緒になる価値あるかい！」

うちは混乱した。「なあ。今、冗談言うてるんやろ？」

「冗談なんか言わん。今すぐ堕せ！」

その時になって、うちはやっと気が付いた。

騙されていたのだ。最初からうちのお金目当てだったのだと。

だが、うちはヒロシを恨む気持ちは全くなかった。お金を返して欲しいという気持ちもなかった。もう一緒になってくれなくてもいいとさえ思った。

ただ、一つ望みはあった。

「嫌や。うちはこの子を産む」

「俺は知らんぞ!!」

「構へん。独りで育てる」

「勝手なこと言うな！　そんなこと言うて後から養育費出せとか言うんやろ!!」

「うちはそんなこと絶対に言わへん」

「そんなこと、なんでわかんねん?!」

「この子はうちとあんたのたった一つの絆やねん。もう、一生、会わんでもええから、この子だけは産ませて欲しいんや。どうか、産ませてください」うちは深々と頭を下げた。

「知るけ、ぼけ!!」ヒロシは素早く身体を回転させ、うちのおなかに回し蹴りを叩き込んだ。

うちは腹部を守る余裕すらなく、激しい衝撃を受け、身体が一メートル余りも吹き飛んだ。

今まで感じたこともないような痛みが腹部から全身に走った。

このままでは、赤ちゃんがあぶない。

「助けて。赤ちゃんを助けて」うちは仰向けのままヒロシに懇願した。

「知るけ、ぼけ!!」ヒロシはうちのおなかに飛び乗った。

何かがぷつんと弾けたのがわかった。

「今まで、やりたい時に便利やから付き合《お》うとったけど、もうこれで終いじゃ」

臀部に温かいものを感じた。

大量の血がうちの身体から流れ出していた。

「ほう。子供堕す手間が省けてよかったやんけ。医者の代わりに金貰いたいぐらいやの」

ヒロシは鼻歌を歌いながら、出ていった。

それから、ヒロシには会っていない。

うちは丸一日起き上がることもできずに、うんうん唸り、そして気を失った。気が付いた時には二日が過ぎていた。血は殆ど固まっていたが、痛みはさらに増しているようで、胴体を捩《ね》じ切られるような感覚だった。

うちはなんとか電話まで這って、救急車を呼んだ。

病院で処置を受けた後、医者から説明があった。長時間放置していたため、子宮に修復不能なダメージがあった。もう子供を産むことは無理だと言われた。

うちは何日も泣き明かした。

名目上の保護者に連絡が行ったようで、次の日には病院にやってきて、凄い剣幕でうちを責めたてた。

「形式的な保護者になってくれたら、独りで生活できる、と言ったから、手続きをしたのに家に男を引き込んで、その挙句に中絶するとはどういうことなんだ?!」

中絶というのは全くの事実誤認だったが、男を引き込んだのは真実だったし、ヒロシを犯罪者にもしたくなかったので、うちは何も答えなかった。

「保護者であることを放棄したいところだが、一度引き受けたからには、そう簡単には放棄できないようだ。とりあえず、資産管理はこちらで行うから、退院したら預金通帳は全部こちらに渡すんだ」

もちろん、預金の中身はゼロになっている。

うちは夜の間に病院を抜け出した。

まだ、治療途中だったが、最後まで治療したとしても、子供を産めるようになる訳ではない。

家に戻れば、親戚に責めたてられるだけだし、家賃を滞納しているからどうせすぐに追い出される。

うちは財布に入った僅かなお金を持って、ネットカフェに泊まる事にした。そして、近くを歩き回って短期のアルバイトを見付けては、小銭を稼いだ。

しばらくは惰性で生きてはいたが、とてつもなく苦しくなる夜もあった。

そろそろ、自分の人生にけじめをつけてもいいんじゃないか。

そう思い始めた頃、ネット上の奇妙な広告を見付けたのだ。

すべての苦痛からあなたを解放します。幸せスイッチ。

クリックすると、リンク先は「幸せスイッチ」というNPO法人のサイトだった。「すべての苦しみから解放する方法を教える」とあり、その後苦しみから解放された体験者のコメントが続いていた。いずれも、苦しみの原因について詳しく書かれていた。

失恋・倒産・解雇・近親者の死・難病・借金・暴力……。苦しみの原因は様々だったが、彼らはすべてこのNPO法人により救われたと書いている。しかし、その方法の具体的内容については、いっさい書かれていない。

どうせ、貧乏人からさらに金を巻き上げようとする詐欺に決まっている。

でも……。

ひょっとしたら、本当のことなのかもしれない。どっちにしても、うちには失うものは何もない。話だけを訊いても損はないかもしれない。

うちはサイト内の連絡先にメールを送った。

すぐに返事が来た。

こちらの指定する場所で説明するとのことだった。

うちは近くの喫茶店を指定した。

約束の時間に現れたのは、中年の女性だった。

「こんにちは」彼女は背の高い帽子を被っていた。

「こんにちは、幸せスイッチの方ですか？」

「ええそうよ。あなた今不幸せなのね」

女性は名刺を差し出した。

名刺には、
NPO法人　幸せスイッチ
竹内《たけうち》春子《はるこ》
と書かれていた。

「はい。めちゃくちゃ不幸です」

「大丈夫よ。どんな不幸でも、解決できるから」

「不幸の理由は問わへんのですか？」

「ええ。もっとも、不幸の真の理由はただ一つなんだけどね」

「そんなことはないです。うちには今いくつもの種類の不幸が同時に襲い掛かってきてますけど、原因は一つではありません」

「いえ。不幸の原因はたった一つよ。それはすでに紀元前六世紀に知られていたわ」

「なんのことか全然わからへんのですけど」

「それはあなたが無知だからよ」

「例えば、病気で苦しんでいる人がいるとします。その人の苦しみをなくすには病気を治すしかないでしょう」

「それは対症療法でしかないわ」

「原因療法で治る病気もあるでしょう」

「わたしの言い方が悪くて混乱させてしまったわね。仮令《たとえ》、病気を原因療法で治したとしても、それは病気を治しただけであって、苦しみについては一時的な対症療法でしかないということよ。例えば、貧乏で苦しんでいる人にお金をあげれば、苦しみはなくなったように見えるけれど、それは対症療法でしかない。恋人がいない人に恋人を紹介するのも、子供がいない人に不妊治療や養子縁組の斡旋《あっせん》をすることも同じ。すべて苦しみの対症療法でしかないのよ」

「つまり、苦しみの原因療法を施《ほどこ》せば、すべての種類の苦しみがなくなるということなんですか？」

「そう。その通りよ」

「でも、絶対に癒せない苦しみもあるんと違いますか？　大切な家族が亡くなった人とか不治の病で死期が迫った人とか」

「そのような苦しみを対症療法で治すのは難しいわね。原因療法なら癒すことは可能だけれどね」

「原因療法って何なんですか？」

「幸せスイッチよ」

「幸せスイッチって何かの比喩ですか？」

「比喩ではないわ。現実に存在するスイッチよ。あなたの分はまだ存在しないけど、これから用意してあげる」

「訳わからないんですけど」

「もちろん、そうだと思うわ」春子は微笑《ほほえ》んだ。「まず、不幸＝苦しみの原因について、説明するわ。さっきも言った通り、紀元前六世紀に不幸の原因を発見したのは、ゴータマ・シッダッタ。知ってる？」

うちは首を振った。

「日本では釈迦如来として知られている人物よ」

ああ。やっぱり。

「これって、宗教の話だったんですね」うちは急速に興味を失ってしまった。

「宗教とは違うわ。もちろん多少の関係はあるけどね。だけど、幸せスイッチは宗教ではなく、科学から生まれたのよ」

「でも、お釈迦さんが作ったんですよね」

「幸せスイッチは釈迦が作ったものじゃないわ。彼の理論を応用して、現代の技術者が作りだしたものよ。ただ、その原理を説明するのに、釈迦の思想を引き合いに出しただけよ。説明を続けてもいい？」

どういうこと？　宗教じゃないの？　まあ、いい。少なくとも時間潰しにはなるだろう。

「はい。続けてください」

「釈迦が到達した真理は『この世の全てが苦しみである』ということ。そして『苦しみには原因がある』ということ。さらに『苦しみは消滅できる』ということと『苦しみを消滅させる方法がある』ということ」

「『この世の全てが苦しみである』というのは、実感として理解できます。そやけど、後の三つについてはぴんときません」

「苦しみの原因は煩悩——つまり、欲望を満たすことができないからよ。『お金が欲しい』とか、『健康でいたい』とか、『長生きしたい』とか、『恋人が欲しい』とか、『出世したい』とか、『家族が幸せでいて欲しい』とか、さらに根源的には『食べたい』とか、『眠りたい』とか、『セックスしたい』とか、そういう欲望が満たされない時、人は苦しみを感じるの。苦しみの原因はこれただ一つなのよ」

「確かに、そう言われてみればそうですね。それで、苦しみをなくす方法というのは何ですか？」

「苦しみの原因を排除すればいいのよ」

「苦しみの原因？」

「苦しみの原因はつまり欲望なのだから、欲望を排除すればすぐに苦しみはなくなるの。『お金が欲しい』と思うからお金がないことが苦しいのであって、そもそも『お金が欲しい』などと思わなければ、貧乏の苦しみは消滅するわ」

「理屈の上ではそうかもしれませんけど、欲望をなくすことなんかできるんですか？」

「上座部仏教では、執着を排除するために様々な修行が行われている。まあ、根本的には執着の原因は無知からくるという考えね。生きていくのにお金など必要ないということを理解すれば、お金に対する執着がなくなる。生き物は老いて死ぬのが避けることができない自然の流れだと理解すれば、生命や健康に対する執着がなくなるという具合よ」

「その境地に達するのに、どんだけ修行しなあかんのですか？」

「そう。一般人にはなかなか難しいわね。だから、大乗仏教というものが生まれた。信仰の力によって、執着を断ち切ろうというものよ」

「他力本願とかいうやつですか？」

「他力本願も大乗の考え方の一部ね。でも、大乗を導入したことで、仏教の独自性は薄らいでしまったとも言えるわ。キリスト教や神道との違いが見えにくくなってしまった」

「まだ、宗教の話、続くんですか？」

「いいえ。わたしが言いたかったのは、修行や信仰で苦しみを取り除くことは難しいということよ。これは理解できた？」

「はい。裏を返せば、苦しみは簡単にはなくならないということじゃないですか」

「ところが、そうじゃないの。現代では、科学は人間の欲望と苦しみの領域に深く入り込んでいるわ。欲望を感じるのも、苦しみを感じるのも、結局は脳だということは理解できる？」

うちは頷いた。

「だったら、脳を欲望を満たした状態にしておけば、苦痛を感じなくなるということもわかるわね」

「そんなことできるんですか？」

「人間の脳にはA10神経系というものが存在しているの」

「何ですか、それは？」

「欲望が満たされた時、もしくは満たされることが予想された時、このA10神経系が活性化することがわかっている。それは空腹を満たすような単純な欲望でも、誉められたり、愛されたりといった複雑な欲望でも、同じなの。また、実際に食事をとらなくても、レストランの看板を見付けただけでも活性化するの。欲望が満たされた時というのは、つまり、苦しみがなくなった状態を意味するわ」

「A10神経系が活性化している時は苦しみのない状態という訳ですね。でも、それって、その人が苦しいかどうかがわかるだけで、実際に苦しんでいる人には意味がないんじゃないですか？」

「あなたの理解はまだ浅いようね。あなたは欲望が満たされて苦しみがなくなると、A10神経系が活性化すると思ってるのね」

「今のは、そういう話でしたよね」

「違うの。逆よ。A10神経系が活性化されると苦しみがなくなるの」

「えっ？」

「A10神経系が活性化すると、脳の状態が欲望が満たされた時と同じになる。だから、仮令、欲望が満たされなくても、苦痛を感じることがなくなるの。つまり、常に幸せでいられるということよ」

「でも、A10神経系が活性化するのは欲望が満たされた時だけなんでしょ？」

「通常の場合はね。でも、それ以外に科学の力でも活性化できるのよ」

「それって、つまり何かのドラッグを使うってことですよね」うちは少し引いた。

「そういう方法もあるけど、反応速度が鈍いので、あまり理想的ではないわね。今、苦しいと思って薬を服用しても、効果が出るまで少なくとも数分掛かる。逆に効果を切りたいと思っても、何時間も抜けなかったりする。これって不便よね」

「じゃあ、どうするんですか？」

「それが幸せスイッチよ」春子はにたりと笑った。

「スイッチって、現実に存在するて言うたはりましたが、どこかにある機械に付いてるんですか？」

「まあ、そういう言い方も可能かもしれないわ」

「そのスイッチを入れると幸せになるんですか？」

「ええ。苦痛が消えて幸せになれるのよ」

「どうして、そんなことが言えるんですか？　あなた、試さはったんですか？」

「ええ。もちろんよ」

うちは少し驚いた。

この呑気で天真爛漫に見える女性に幸せになるためのスイッチなど必要なのだろうか。

「そしたら、その幸せスイッチというのを見せて貰《もろ》ていいですか？　できたら、使うところも」うちは尋ねた。

「ええ。もちろんＯＫよ」

「ほな、今から行きましょ」

「行くって、どこに？」

「スイッチがあるとこにです」

春子は声を出して笑った。「どこにも行かなくていいわ。スイッチはここにあるもの」

「どこですか？」うちはテーブルの上をきょろきょろと探したが、スイッチらしきものは見付からなかった。

「ここよ」春子は帽子を脱いだ。

頭のてっぺんに小さなレバースイッチのようなものが付いていた。

「それ、髪飾りじゃないんですか？」

「こんなレバースイッチそっくりの髪飾りなんてあるかしら？」

うちは首を振った。「そんな酷《ひど》いデザインの髪飾りなんかあり得ないです」

「ねっ？　だから、これはスイッチなのよ」

「スイッチを入れたら、何が起こるんですか？」

「スイッチのすぐ下の皮膚に電池と電子回路が埋め込んであるの。そこから極細の導線が伸びていて、頭蓋骨を通して、脳の奥深くに繋がっているの。スイッチを入れると、電流が流れて、Ａ10神経系を直接活性化するのよ」

「そんなことして神経がおかしくならないんですか？」

「極微量の電流だから、大丈夫なのよ」

「そんな話を信じろて言うんですか？」

「そうよ。まあ、信じるかどうかはあなたの自由だけど」

「つまり、頭の中に電極を入れるってことですよね」

「端的に言えば、そういうことになるわ。でも、それがどうだと言うの？」

「身体の中に機械入れるんはなんか怖いです」

「あなた、歯に詰め物はしていないの？　眼球にレンズを入れている人もいるし、人工関節やペースメーカーなども今では普通のことよ」

「でも、脳に電気流すなんて……。なんかおかしなことにならへんのですか？」

「何か変だと思ったら、すぐスイッチを切ればいいのよ」

うちは激しく警戒した。でも、警戒すると同時にこの話が本当だった場合について考えた。

もし春子の言うように、このスイッチを付けるだけで、苦痛がなくなるのなら、それは検討する価値はあるかもしれない。

まずは、落ち着いて考えよう。スイッチを入れることによって、苦痛が消えたとしてそれは本当の幸せなんだろうか？

「いくつか、質問をしてもいいですか？」

「ええ。初めてのことだから、不安になるのは当然よ。どうぞ質問して」

「幸せスイッチを入れたら、自分が幸せになったと感じるんですよね」

「そうよ」

「でも、それは実際に幸せになっている訳じゃないんでしょ？」

「『実際に』というのがどういう意味かわからないけど？」

「つまり、脳に電流を流して幸福になったとしても、現実世界では何の変化もない訳ですよね。状況に変化がないのに不幸な状態から幸福な状態になるっておかしいですよね」

「周りの状況なんて関係ないわ。あなたが幸せかどうかを決めるのは、周りの状況じゃなくて、あなた自身の脳なのだから」

「仮に預金通帳の残高がゼロになったとしましょう。これは悲しいことですよね。もし、誰かがお金をくれて、残高が充分な額になったら、幸せになりますよね。これがほんまもんの幸福です。幸せスイッチを入れて幸せになっても、預金残高は増えへんのです。これはにせもんの幸福と違いますか？」

「いいえ。どちらも同じく本物の幸福よ」

「でも、スイッチの幸福は仮想的なもんでしょ」

「預金残高を見て感じる幸福だって仮想的なものよ。それは単なる数字に過ぎないんだから」

「でも、その数字にはお金という裏付けがあるんです。預金は実際に下ろして札束にできます」

「札束だって、仮想的な存在よ。政府がそれに価値があると決めているだけなんだから」

「でも、お金は実際に物を買うことができます。宝石でも、御馳走でも」

「宝石を身に着けたり、御馳走を食べたりするのが本物の幸せだというの？」

「まあ、そういうことだと思います」

「それは単なる物理的な現象に過ぎないわ。宝石を身に着けたり、御馳走を食べたりしたという事実を脳が認識することによって、A10神経系が活性化して、人は幸福感を覚えるのよ。だったら、こんな手続きなんか踏まずに、直接A10神経系が活性化しても同じ結果が得られるわ」

「でも、それは幻の幸福なんでしょ」

「別に御馳走や宝石の幻を見る訳ではないのよ。ここに宝石も御馳走もないことを知っていて、なおかつ幸福な状態になれるのよ」

「でも、実体が伴わへんやないですか？」

「実体って何？　物理的な状態は幸福の本質ではないわ。もし、充分な札束なり、宝石なり、御馳走なり、他人からの称賛があったとして、脳がそれを認識したとしても、A10神経系の活性化を阻止してしまえば、幸福でもなんでもないのよ。つまり、あなたが幸福の本質だと思っているお金や物質や人間関係は実は幸福の本質ではないの。幸福の本質はA10神経系にあるの。宝石なり、御馳走なり、札束なり、称賛なりはA10神経系を活性化するための手段でしかない。手段と目的を取り違えてはいけないわ。目的はA10神経系の活性化なんだから」

　話を聞くうちにどんどん混乱してきた。

　確かに、もし幸福の本質がA10神経系の活性化のことだとしたら、いろいろな手段を講じて、A10神経系を活性化するよりも、直接A10神経系を刺激するのが手っ取り早い。だが、どうも何か忘れているような気がする。

「ただでスイッチを付けてくれる訳じゃないですよね」うちは尋ねた。

「ええ。実費と人件費の分はいただくわ」

「人件費って、竹内さんの給料とかですよね」

「そうなるわね。でも、わたしだって、これだけの時間を割《さ》いてるんだから、全くの無報酬というのは変よね」

確かに、それは納得できる。

「スイッチ付けるのにいくらぐらいいるんですか？」

春子の答えた金額はうちが出せる限界に近いものだった。

「どうする？」

「期限はいつまでですか？」

「期限なんかないわ。いつでも、あなたが決心した時にスイッチは取り付けられる。だけど、わたしはできるだけ早くスイッチを取り付けることをお勧めするわね」

「なんでですか？」

「それだけ苦しむ時間が短くなるからよ。こうしている今もあなたは苦しんでいるんでしよ。避けられる苦痛を受け続けるのは、本当に馬鹿馬鹿しいことよ」

だけど、もしスイッチを入れた瞬間に予想外のことが起きたら？

「決心する前に一つお願いしてもいいですか？」

「何？」

「一度、うちの目の前で、幸せスイッチを入れてみてください」

春子はけらけらと笑い出した。

「スイッチなら、もう入ってるわよ」

「今、オンの状態なんですか？」

「そうよ」

「あなたは今幸せですか？」

「ええ。もちろん」

「あなたの周りで不幸なことはありましたか？」

春子は少し考えた。「さあ。よくわからないわ。いろいろなことはあったけど、それが不幸なことなのか、そうでもないのかは、その人次第じゃないかしら？」

「あなたにとっては不幸じゃなかったってことですか？」

「そういうことだと思うわ」

「じゃあ、スイッチを切ってください」

「えっ？　幸せスイッチを切れって言うの？」

「そうです。スイッチということはつまり、自由にオンオフができるっちゅうことですよね？」

「ええ。だけど、今切る必要があるのかしら？」

「うちは知りたいんです。幸せスイッチは自分で切ることができるかどうか。もし、自分で切ることができひんかったら、それはスイッチやないちゅうことになります。永久に本当の自分に戻られへん訳です」

「なるほど。当然の疑問だわ。でも、このスイッチの機構をよく見て頂戴」春子は自らの頭頂部をうちの顔に近付けてきた。「確実に電気的にオンオフが可能になっていることがわかるはずよ。スケルトンになっているから」

「スイッチの機構なんてどうでもいいんです。仮令、オフにできる構造になっていたとしても、自分の意思でその動作を行う事ができひんのなら、それは実質的にはスイッチと違うということです」

「なるほど。あなたは心配しているのね。このスイッチに依存性があって、一度オンにすると、二度と自分の意思でオフにできないんじゃないかと」

うちは頷いた。

「確かに、このスイッチは魅力的でできれば切りたくないわ。だけどね、切れないって訳じゃないの」春子は目を瞑《つむ》った。「大丈夫。問題ないわ。このスイッチを切っても、またすぐに自分の意思で入れることができる。スイッチを取り除く訳じゃない。いつでもスイッチはオンにできる」春子は深呼吸を始めた。「いつでもスイッチはオンにできる。いつでもスイッチはオンにできる。いつでもスイッチはオンにできる。……」春子は同じフレーズを呪文のように唱えた。どうやら自分に言い聞かせているらしい。

そして、頭頂部のスイッチを摘まんだ。「さあ。今から切るわよ。いつでもスイッチはオンにできる。いつでもスイッチはオンにできる。……」

春子はスイッチを切った。

その瞬間、顔の筋肉が明らかにだらりと数センチは垂れ下がった。そして、その目からは大量の涙が溢れ出した。

「酷いわ。こんなことをさせるなんて……」春子は泣きながら言った。

「どうかしたんですか？」

「わたしの人生には、悲しいことがあり過ぎたの」春子は両手で顔を押さえた。

「でも、さっきまでは幸せそうやったのに」

「さっきまでは幸せだったわ」

「さっきと今では何も変わってへんのと違いますか？」

「いいえ。大きく変わったわ。わたしの脳内の状態が」

「でも、世界は変わってへん」

「いいえ。脳は全世界なのよ」

「そんなことないでしょ」

「じゃあ、あなた、自分の脳以外の世界を知ってるというの？」

「たとえば、このテーブルはうちの脳の外にありますね」

「あなたが見ているのはあなたの脳内に投影されたテーブルの影に過ぎないのよ」

「だって、触れますよ」

「触覚だって、あなたの脳内に投影されているに過ぎないわ。あなたの脳内の影と現実は一致するのかもしれないし、しないのかもしれない。それはあなた自身には永遠にわからない」

「う〜ん。実際に体験しぃひんと、結局はわからへんのかもしれませんね」

「ねぇ。もうスイッチを入れてもいいかしら？　とても、苦しいんだけど」

「ええ。どうぞ。本当なら、その状態で生活できるかどうかを知りたいところですが、人が苦しむのを見ているのは辛いので」

春子はスイッチを入れた。

途端に表情が晴れやかになった。「どう？　幸せスイッチの効果は理解できた？」

「はい」うちは決心が付いた。「付けてみることにします」


手術は一時間程で済んだ。痛みも殆どない。

「今はまだスイッチ入ってないわ」病院の玄関で春子は言った。「自分の好きなタイミングで入れればいい」

うちは自分の心を探った。

少しだけ苦痛が弱くなったような気がする。だが、これはまだスイッチそのものの効果じゃない。スイッチに対する期待と不安が入り混じった感情が苦痛を少しだけ紛らわせているだけだ。

「じゃあ、わたしはこれで失礼するわ。何かあったら、また連絡して」春子は立ち去っていった。

うちは塒《ねぐら》にしているネットカフェに戻るまで、結局スイッチを入れることができなかった。

スイッチを入れた途端、この自分はいなくなって、幸せな別の自分が誕生するのではないか。そんな不安が常にあった。

だが、いつまで悩んでいても仕方がない。うちは目を瞑り、スイッチを入れた。

うちは消えたりしなかった。ただ、一秒前まで灰色だった世界が一瞬で薔薇色に変わったのだ。

確かに世界は変化した。だが、この実感は自分の脳内で起きていることの反映に過ぎないこともまた理解できた。

うちは幸せだった。悩むことなど何もなかった。

で、どうして、自分は不幸だと思い込んでいたのだろう？

いくら考えてもわからなかった。

ひょっとして健忘症になってしまったのだろうか？

一度、スイッチを切れば、不幸の理由を思い出せるだろうか？

うちはいったんスイッチを切った。

世界が沈み込んだ。

そうだ。うちは両親を失ったんだった。うちだけが取り残された。孤独。

うちはスイッチを入れた。

ああ。思い出した。両親が死んだことを悩んでいたのだ。でも、どうして、それが悲しいのだろう？　もちろん両親のことは愛していたが、もう死んでしまったんだ。もう会えないのは寂しいかもしれないけど、過去に拘《こだわ》っても仕方がない。うちは新しい出会いを求めて生きていればいいんだ。両親もめそめそ泣き暮らすよりも明るく生きることを望んでいるだろう。

ええと悩み事はこれだけだったろうか？

これだけの事であれだけ落ち込むとは考え辛い。きっと他にもあったんだろう。

うちはスイッチを切った。

耐え難い苦痛。

スイッチを入れた。

そう。恋人だと思っていた男が実は詐欺師で全財産持ち逃げされたんだった。

でも、恋人なら、また作ればいいだけのこと。もっとも、今別に恋人なんか欲しくないが。あとお金も別に必要ない。今の世の中、少しバイトをすれば、ネットカフェで結構快適に暮らすことができる。固定された住所に価値なんか見い出せない。

なんだ。たいしたことないじゃない。

あと、何かあったかしら？

うちはスイッチを切った。

涙が溢れてきた。

スイッチを入れる。

そうそう。あの男に子供を殺されたんだ。そして、もう二度と子供は産めなくなった。

だから？　本当に子供が欲しいなら、代理母とか養子縁組とかいくらでも方法はある。

まあ、今は一人で満たされているので特に家族は必要ないけどね。

あの男を訴えようか？　ただ、今、あの男を懲らしめることにそれほど積極的にはなれない。スイッチを入れると苦痛がなくなるので、訴えるモチベーションがない。かと言って、スイッチを切ると悲し過ぎて、あの男を憎む気持ちすら湧いてこない。まあ、とりあえず放っておこうか。

スイッチを取り付けるだけで本当にすべての問題が解決してしまった。いや。そもそも最初から問題などなかったのだ。それをうちの脳が勝手に問題だと判断していた。すべては脳の過剰反応の仕業だったのだ。

それからは平穏で快適な日々が続いた。

スイッチを入れている間は自分を客観的に見ることができ、不幸なことなど何もないことが実感できる。だが、スイッチを切った瞬間、うちは原始的な欲望に支配され、悲しみに包まれる。

だが、スイッチを入れている冷静な精神状態で、充分に現状を分析して、特に問題がないということが理解できていれば、スイッチを切っても自分を客観視できるようになるのではないだろうか。

いつしか、うちはそんなアイデアを思い付いた。

そして、時々スイッチを切るようになった。最初は十秒ももたなかったが、そのうち数時間でも耐えられるようになった。

幸せスイッチは素晴らしい。人生のほぼすべての問題を解決してくれる。だが、スイッチなしでも同じことができたなら、それはそれで意義があることのように思えた。特にスイッチを切っている間はスイッチに依存する事への本能的な恐怖が芽生えた。もっとも、スイッチを入れている間は、依存しても問題ないことが理解できているのだが。

そんなある日、スイッチを切っている時にNPO法人幸せスイッチからメールが入った。

〈メンテナンスのお知らせ〉

とあった。

お客様の手術からまもなく三か月が経過します。そろそろ最初のメンテナンスの時期がやってきます。メンテナンスの内容はスイッチ回路の動作確認と電池の交換が主なものになります。スイッチ回路は一年に一度の交換を推奨します。電池に関しては約三か月で電池切れを起こします。

うちは愕然とした。スイッチの寿命には限りがあったのだ。

そして、メールにはメンテナンスの費用が書かれていた。

手術費用より一桁大きい。

今のバイトでは、とてもこんな額は捻出できない。

うちは呼吸困難に陥った。

まもなくスイッチは機能しなくなる。もし、スイッチの助けがなくなったら、生きていく自信はない。

その時になって、これが巧妙な罠だったことに気付いた。

ターゲットが疑いを持たず、しかもなんとか捻出できる程度の費用で手術を受けさせる。そして、スイッチの効果を充分に体験した後で、メンテナンス費用が必要だと告げるのだ。

もうスイッチを手放すことはできない。だとすると、うちは一生奴隷としてＮＰＯに金を払い続けなければいけない。

いや。そんなことができるはずがない。今、うちの収入はバイトだけだ。この先、メンテナンス費用を捻出し続けるのは絶対に無理だ。

うちは夜中に近くの川に向かった。川幅は百メートルほどもあり、水量も多い。誰にも見られずに飛び込めば、他人に迷惑を掛けずに死ぬことができるだろう。

うちは合掌し、覚悟を決めた。

さて、飛び込もうとした時、僅かに心に乱れが生じた。

死ぬ前にもう一度だけ幸福を味わいたかった。

うちは半ば無意識のうちに幸せスイッチを入れた。

そして、死ぬ気は失せた。

何を血迷っていたのだろう。死ぬ理由は全くない。


「おまえ、女やろ」

「うん」

「ほんなら、その気になったらなんぼでも稼げるやろ!! 自分の事は自分でせぇ。他人に頼るな」


そう。ヒロシの言う通りだ。ただ、その気になればいいのだ。普通の人間にはそれは辛いことだろうが、うちには幸せスイッチがある。どんなことでも、簡単に乗り切れるだろう。なにしろ苦痛を感じることがないのだから。
そして、もう二度とスイッチは切らないでおこうと決心した。
その日から、うちには輝く未来しか見えなくなった。

哲学的ゾンビ
もしくは
ある青年の物語

これはある青年の物語である。

僕はたった今大変な秘密に気付いてしまった。いや。正確に言うならば、すでに数日前から徐々に気付き始めていたのだと思う。小さな違和感が明確な疑念となり、それが今確信へと変わったのだ。

これはごく個人的な事件であるとともに、世界的な大事件でもあるのだ。随分、矛盾した言説だが、これが事実を最も的確に表現しているのだ。

僕はいったい何をしようとしているのだろう？

僕の気付いたことが真実であるのなら（真実であるのはほぼ間違いないが）、このような文章を書くこと自体に意味がないことになる。だが、僕は書かずにはいられない。書くことによって自らの精神の安定を得ると共に、異様な事態を整理して理解することができることを期待しているからだ。

気付きの始まりは——そう、僕がガールフレンドとデートしている時だった。

僕たちは紅葉の美しい公園のベンチに座っていた。

「そろそろ秋ね。わたしって秋が大好きなのよ」彼女は言った。

思い返すと、その時から少し妙だったような気がする。彼女はあまりにも明瞭に各単語を発音していたし、全く感情を込めない話し方をしていた。何かがおかしくなり始めていたのかもしれないし、単なる気のせいだったのかもしれない。今となっては確かめようもないし、もはや確かめたいとも思わない。確かめる意義は永遠に失われてしまった。

だが、その時の僕はもちろん異変には気付いていなかった。

「確かに秋はいい季節だね。暑くもないし、寒くもない。おまけに花粉も飛んでいない」

「杉と檜と白樺の花粉はね。でも豚草や蓬《よもぎ》や鉄葎《かなむぐら》の花粉は秋に飛ぶのよ」

「ああ。そうなのか。そう言えば、背高泡立草《せいたかあわだちそう》なんかも花粉症の原因なんだよな」

「最近では、背高泡立草は花粉症の原因ではないとされているのよ」

「えっ？　そうなのかい？」

「ええ。背高泡立草の花粉は少ないし、風ではあまり飛ばないのよ」

「じゃあ、濡れ衣だったんだ」

「そうよ。濡れ衣よ。でも、背高泡立草はそんなこと気にしていないと思うわ」

「それは人類と背高泡立草の双方にとって幸いだったね。ところで、何の話だったたっけ？」

「秋が素晴らしい季節だってことよ」

「花粉が飛んでいるのに？」

「どうせ花粉は年中飛んでいるわ」

「そうなのかい？」

「ええ。杉と檜と白樺がメジャーなだけよ」

「白樺ってメジャーなのか」

「北海道では杉や檜の花粉はあまり飛んでいなくて、白樺がメインなのよ」

「なるほど。一つ利巧になったよ。それで、秋が好きな理由は？」

「期間が長いから」

「そうかな？　春と同じぐらいじゃないか？　そもそも秋の定義ってなんだ？　九月から一一月？　それとも、立秋から立冬？　どっちにしても三か月じゃないか」

「期間というのは、桜の見頃の期間と較べて紅葉の見頃の期間が長いってことよ。桜の見頃はだいたい一、二週間だけど、紅葉は一か月ぐらい続くじゃない」

「なるほど。そういうことか。でも、桜と紅葉だけで決めていいのかな？」

「いいんじゃない？　日本人が自然を愛でる二大イベントなんだから」

わね」

「自然と言えば自然だけど、身体を動かすのがメインになるから、自然観賞とは少し違うわね」

「花見や紅葉狩りも、どちらかと言うと、どんちゃん騒ぎがメインなんじゃないかな？」

「いいのよ。あくまで桜や紅葉の見頃であることが前提なんだから。海水浴やスキーは海や雪山の観賞が前提じゃないでしょ」

「なんだか、勝手な理屈のように思うけどな」

「いいじゃない。わたしの個人的な感想なんだから」

「まあ。確かにそうか」

初秋の午後の他愛のない話。

しばらくの沈黙。

彼女は僕を見て、微笑《ほほえ》んだ。

僕も彼女を見詰め、微笑んだ。

一瞬、彼女の表情が変化した。

それは喜怒哀楽のどれと判断できないような不思議な表情だった。

例えれば、そう、まるでテレビ画面に一瞬のノイズが走ったかのように彼女の顔に不可解な表情が流れていったかのようだった。

無理に表情の意味を付けるとしたら、「狂気」としかいいようがない。

「大丈夫かい？」

「何が？」

「今、変な表情をしたよ」

「本当？」

「ああ。何か痙攣を起こしたんじゃないかと心配したよ」

「大げさね。日本人が自然を愛でる二大イベントなんだから。別にどうってことないわ」

「えっ？」

「何？」

「今、変なこと言ったよ」

「誰が？」

「君だよ」

「どんなこと言った？」

「日本人が自然を愛でる二大イベントだとか、そういうことだ」

「確かに言ったわ。お花見と紅葉狩りのことよ」

「それは知ってる。そうじゃなくて、今さっきのことだよ。文脈と関係なく、その話が出た」

「気のせいじゃない?」

「いや。気のせいじゃなかった」

「そう言われてもね」

「覚えてないんだね」

「何? 今日は妙に突っかかってくるわね」

「いや。突っかかるとかそういうことではなくて……」

「疲れてるんじゃない? 身体を動かすのがメインになるから、自然観賞とは少し違うわね。最近、試験で忙しいから」

「ほら。また」

「また? 何が?」

「少し前に言った同じフレーズを繰り返し言っている」

「意味がわからないわ」

「つまり、まるでプログラムのバグのように、少し前の部分を繰り返し再生しているんだ」

「ますます訳がわからないわ。どうしてそんなことが起きるのよ。わたしはプログラムではなく人間よ」

「そうなんだけどね」

「だったら、失礼じゃない。白樺がメインなのよ」

「えっ？　今のも、無意識なのかい？」

「だから、何のこと？　背高泡立草は花粉症のわたしの個人的な最近、試験で忙しいからお花見と紅葉狩りの自然と言えば自然だけど、気のせいじゃない？　期間が長いから別にどうってことないわ」

「まさか。冗談だろ」

「どうしてそんなことが起きるのよ。自然観賞とは少し違うわね。だったら、失礼じゃない。杉と檜と白樺がメジャーなだけよ。桜や紅葉の見頃であることが前提なんだから、そう言われてもね」

「おい。しっかりしてくれ！」僕は彼女の肩をゆすった。

しかし、彼女はそんな僕の行動を無視して意味不明なことを喋り続けていた。

僕はベンチから立ち上がり、彼女の前に立った。

だが、彼女はまるで僕が立ち上がったことに気付かないかのように、さっきまで僕が座っていた位置に向かって、延々と喋り続けていた。

僕は何かの発作が起こったのだと思った。きっと、脳がフラッシュバックを起こしているのだろうと。

僕は救急車を呼ぶべきかどうか迷った。

彼女は言動以外は全く健康に見える。そんな人のために果たして救急車を呼んでいいものだろうか？

「あの。救急車を呼ぼうか？　僕の言ってることわかる？」

突然、彼女は黙った。

まるでスローモーションのように彼女の顔の筋肉が動いていた。左右ばらばらにまるで正しい表情を探しているかのような動きだった。顔の筋肉は変化の途中で出し抜けに止まった。

ぎ。ぎ。ぎ。ぎ。ぎ。

軋《きし》みながら、彼女の顔は僕の方を見た。

そして、停止。

瞳孔が何度か開いたり、閉じたりした。

そして、がくんと首全体が後ろに仰《の》け反《ぞ》った。

やっぱり発作だ。

僕は携帯で一一九番に電話した。

だが、誰も出ない。

どうしたんだ？

ぎぎ。ぎ。ぎぎ。ぎ。ぎぎぎ。ぎ。

「再起……動」彼女が言った。

「えっ？　今、『再起動』って言った？」

「何の話？」

「今、君『再起動』って言ったよね」

「いいえ。でも、様子がおかしくなって……」

「はい一一九番消防です。火事ですか？　救急ですか？」電話から声が聞こえてきた。

「救急です」僕は答えた。

「友達の様子がおかしいんです」

「どんな状態ですか？」

「突然、会話が支離滅裂になって、そうしたら突然動きが止まって、それから『再起動』って言ったんです」

「落ち着いてください」

「いえ。僕は落ち着いています」

「本人が『再起動』っておっしゃったんですか？」

「ええ」

「現在はどんな状況ですか？」

「その……。もう元の状態に戻ったように見えます」

「単なる悪ふざけなんじゃないですか？」

「僕はふざけてなんかいません」

「あなたではなく、友達がふざけたんではないですか？」

「いえ。……それは……」

「現時点で緊急性があるように見えますか？」

僕は彼女の方を見た。「気分はどう？」

「特に問題はないわ」彼女は答えた。

「……現時点では……」僕は言い淀んだ。

「現時点ではどうなんですか？」

「緊急性はないと思います」

「了解しました。それでは、適切な処置をお願いします」

僕は電話を切った。

「どうしたの？　いきなり救急車を呼ぼうとしたりして」

「いや。君が発作を起こしたんじゃないかと思ったから」

「発作？　わたしが？」

「覚えてないのかい？」

「覚えてるも何も、発作なんか起こしてないわ」

「しかし、確かに君は発作を起こしたんだよ」

「わたしにはむしろあなたの方がおかしく見えたわ」

「えっ？」

「季節の話をしていたら、突然わたしの言葉がおかしいと言い出して、そのうち突然救急車を呼ぼうとして。覚えてない？」

「もちろん覚えてるさ」

「どうして突然そんなことをしたりしたの？」

「どうしてって、君の様子がおかしいから……。もう止《や》めておこう。堂々巡りになるだけだから」

「わたしの様子がおかしいと感じたのね」

「感じただけじゃなくて実際におかしかったんだよ」

彼女は腕組みをした。「つまり、互いに相手がおかしいと感じたってことよね」

「まあ客観的にいうならそういうことになるけど」

彼女は周囲を見た。「ここにはわたしたちの様子を見ていた第三者はいないわね」

「残念なことにね」

「だったら、二人のうちどっちの認識が正しいかをわたしたち自身で判定することは無理よね」

「理屈の上ではね。……ああ。こんなことになるのなら、スマホでビデオを撮っておけばよかったよ」

「本当に。次の機会があったら、是非撮影しましょう」


次の日、僕は自分の部屋に友人を呼び出した。

「彼女の様子がおかしかったんだよ」僕は友人に言った。

「何がどうおかしかったんだ？」

「説明しにくい。状況が異様過ぎて説明する言葉が見つからないんだ」

「どうしたんだ？　突然、彼女が、がたいのいい緑の怪物か何かに変身したのか？」

「そこまで凄まじい状況じゃない。簡単に言うと、言葉が支離滅裂になったんだ」

「そのぐらいのことなら珍しくないだろう。現に今、おまえの言葉は支離滅裂だぞ」

「いや。単に混乱しているという訳じゃない。なんというか、数分前に喋ったことを正確に繰り返し喋り出すんだ」

「単に記憶力がいいだけだろう」

「そういうことではないんだ。今話していることと関係のない会話を突然ぶり返すんだ」

「どうも話が見えないんだが」

「だから、説明しにくいといっただろう。レコードの針飛びという現象は知ってるか？」

「アナログレコードを再生する時、ディスクの表面に付いた傷か何かが原因になって、針が飛び上がって、ディスクの別の部分に着地する現象だな。突然、曲の途中が吹っ飛んだり、同じ部分を何度も繰り返し再生したりするんだったな」

「それに近いかもしれない」

「同じ言葉を何度も繰り返すんなら、吃音《きつおん》の一種かもしれないな」

「連続的に繰り返す訳じゃない。数分前に語った言葉を脈略なく突然正確に繰り返すんだ」

「聞けば聞くほど意味不明だ。そもそも正確に繰り返しているってどうしてわかるんだ？」

「そう言われると自信はないけど、ほぼ同じだったとは言える」

「単におまえがからかわれていただけなんじゃないか？」

「そういう感じではなかった」

「どんな感じだよ？　それって、おまえの個人的な感覚での話だろ」

「まあ、そう言われると、身も蓋もない訳だけど……」

「そんな雲を摑むような話を相談されても、どう答えていいものやら……」

「まあ、いきなり医者に相談するのも、非常識だと思ったから、おまえに相談してるんだよ」

「しかしだね、せめてその時の録音なりとあったなら、少しは分析できると思うんだが」

「だから、そんなものがあるのなら、先に医者に聞かせているって」

「あれだな。次からデートの時には、常に録音スタンバイの状態にしとくことだな」

「なんだか、落ち着かないデートになりそうだな」

「そう思うんなら、忘れることさ。多少、会話が乱れたって、実質的に何か困ることが起きる訳じゃないんだろ」

「そりゃそうだよ。だけど、ちょっと気味が悪いじゃないか」

「ふむ。わかった」

「わかったのか？」

「原因はやはりおまえの方だ」

「僕が原因？」

「つまり、おまえは彼女に飽き始めている」

「まさか」

「そう。おまえは自分の心変わりを認めたくない訳だ。だから、理由を彼女の方に求めているって訳だ」

「それもまた唐突だな」

「そうかな？　『あばたもえくぼ』って言葉があるだろ。好きになったら、欠点の中にも美点を見出すということだが、愛想が尽きた時は逆に相手の中に欠点を見つけ出そうとする心理が働くんだ」

「でも、会話がおかしくなっているのは事実だよ」

「本当にそうか？　今までだって、たまに会話が嚙みあわなくなったことぐらいあるんじゃないか？」

「そりゃ、たまにはあったろうな」

「でも、以前は特に気にならなかった」

「いや。さすがに、こんなレベルのはなかったよ」

「それはおまえがそう感じているだけなんで、前からそんなものだったんだよ」

「おまえは知らないだろ」

「だいたい想像は付く」

「想像で決めつけるなよ」

「そもそも会話が嚙みあわないってそんなに重要なことか？」

「いや。単に嚙みあわないのじゃなくて……。まあそう言われれば、さして重要なことじゃないかもな」

「そうだろ。どうでもいいことをおまえが問題にしているだけなんだ。これは彼女ではなく、おまえの問題だ。自分の意思をちゃんと自覚することが大切だ。これからも彼女と付き合っていくのか、それともきっぱりと別れるか」

「別れる理由なんてないだろ」

「理由がないと感じているから、変な言い掛かりを付けているんだ。つまり、おまえは彼女に飽きているんだ」

「いや。そんなことはない」

「絶対にそんなことはないと言い切れるか？」

僕は自問した。

僕は彼女に飽きているか？

ノーだ。

僕は彼女を愛しているか？

イエスだ。

「ああ。言い切れる。僕は彼女を愛している」

友人はぽかんと口を開けた。「なんだ。それがいいたかっただけか」

「はっ？」

「つまり、ながながと愚痴のようなものを俺に聞かせたのは、今の台詞——『僕は彼女を愛している』を聞かせたかっただけなんだろ」

「さっきと話が変わってるぞ」

「さっきまでは情報不足だったんだ。まんまと騙されてしまった。つまりはあれだ。のろけ話をしたかっただけなんだ」友人は笑った。

「いや。そんなことはないさ」僕は照れ笑いをした。

「いいんだよ。こんな話に付き合ってしまった俺が馬鹿だった。何度も繰り返し再生するんだったな」

「はっ？」

「なんだよ？」

「今、何て言った？」

「だから、こんな話に付き合ってしまった俺が馬鹿だったたってことだ」

「そうじゃない。その後に言った言葉だ」

「その後？　別に何も言ってないが」

「いや。言った。『何度も繰り返し再生するんだったな』って」

「ああ。言ったよ。結構前だけどな。四、五分ぐらい前かな？」

「いや。今さっき言った」

「そうか？　緑の怪物か何かに変身したのか？　気のせいじゃないか？」

「また、言った」

「何のことだ？」

「『緑の怪物か何かに変身したのか？』って」

「ああ。悪かったよ。でも、それはおまえの彼女を馬鹿にした訳じゃないんだよ。ただの冗談だ。そもそもおまえが変なのろけ話をするからいけないんだぞ」

「いや。別におまえが言ったことを怒っている訳じゃないんだ。そうではなくて、なぜ今その言葉を繰り返したのかってことだ」

「繰り返してなどいない。つまり、おまえは彼女に飽きているんだ」

僕は目を瞑《つむ》り深呼吸をした。

これは何だろうか？　彼女と友人に偶然同じ症状が現れたというのだろうか？　もちろん、その可能性はゼロではない。しかし、今までそのような症状は見たこともない。偶然二件も発生する可能性が有意であるとは考えられない。では、偶然ではないとしたらどうだろうか？　何かの伝染性の疾患か、あるいはなんらかの二人に共通する原因がある。

待てよ。二人の共通点と言えば僕だ。僕が病原体を媒介したのか？　いや。そんな簡単に感染するものなら、もっと広がっているはずだ。

だとすると、やはり僕自身が原因か？　友人の言う通り、彼女や友人の通常の言動を僕がおかしいと捉えているだけなのかもしれない。だとすると、おかしくなっているのは僕の方だ。

「変な言い掛かりを付けているんだ。せめてその時の録音なりとあったなら、おまえの個人的な感覚での話だろ。それがいいたかっただけか。のろけ話をしたかっただけなんだ。

そんな雲を摑むような話を相談されて……」友人の表情は目まぐるしく変化し続けていた。

いや。僕がおかしい訳ではない。

じゃあ何だ？

悪ふざけ……。

おそらくそうだろう。しかし、彼女と友人がぐるになって僕を引っ掛けようとしているのは考え辛い。二人は面識がない訳じゃないが、会ったのは一、二度程度だし、それも挨拶ぐらいしかしていない。おそらく互いの連絡先すら知らないはずだ。単に僕をからかうという理由だけのために、苦労して連絡を取り合うなんてことはまずあり得ないだろう。

だが、もし二人が以前から僕に内緒で連絡を取り合っていたとしたら……。

僕は一瞬不愉快な感情に襲われそうになった。

二人は内緒で付き合っていて、自分から別れを言い出しにくい彼女が僕の方から別れを切り出させるために、愛想を尽かせようと、ひと芝居打っているんじゃないのか？

僕は頭を振った。

別れたいなら、こんなに面倒な手を使う必要はない。ただ、別れたいと言えば済むことだ。そもそも、友人まで奇妙な病気のふりをする必要はない。そんなことをすれば、二人が結託していることをわざと疑わせるようなものだ。

では、他にどんな可能性があるだろうか？

友人が単独で悪ふざけしているのではないか。

つまり、今ここで、彼女の症状を聞いて、それをそのまま再現しているだけという可能性だ。

でも、どうしてそんなことを？

さあ。でも、悪ふざけに理由なんているだろうか？

「悪ふざけなら、よしてくれないか」僕は言った。

「実質的に何か困ることが起きる訳じゃない。繰り返してなどいない。ながながと愚痴のようなものを結構前だけどな。絶対にそんなことはないと以前は特に気にだいたい想像は付く」

「おい！」

友人の動きが止まった。

「まさか、おまえも再起動するんじゃないだろうな」

かすかにファンのような音が聞こえ始めた。

何だ、これは？　パソコンのフリーズを再現しているのか？　だとしたら、ずいぶん手が込んでいる。

友人は突然項垂《うなだ》れた。

「おい！　悪ふざけもいい加減にしろ」

友人は出し抜けに顔を上げた。「悪ふざけ？　なんのことだ？」

「今の一連の流れだよ。僕の彼女と同じ症状になったふりをして僕をからかったんだろ」

「症状？　からかう？　ますます意味不明だ」

「数分前に喋ったことを突然繰り返す症状だよ。だけど、おまえのは悪ふざけだよな」

「悪いが、何のことを言っているのか、わからないんだが」

「彼女の症状のことは言ったよな」

「ああ。だけど、原因はおまえにあるって言った覚えがある」

「最初はそう言ってた。だが、その後……」

「単なるのろけ話だと気付いたんだ。もちろん、この場合もおまえが原因であることには変わりないがな」

「問題はその後だ」

「その後、おまえが訳のわからない言い掛かりを付けてきたんだよ」友人は言った。

「言い掛かりじゃない。おまえの悪ふざけが突然始まったんだ」

「ふむ」友人は腕組みをした。「この俺がおまえの彼女と同じ症状だったと言うんだな」

「まだ恍《とぼ》けているのか」

「俺はおまえの彼女とは殆《ほとん》ど面識がない」

「そうだな。一、二度会ってるとは思うがな」

「その二人が突然同じ奇妙な症状を発症したって言うんだな」

「ああ。ただし、おまえのは症状ではなく、悪ふざけだと思ってるけどな」

「確認するが、俺の症状は本当に彼女の症状にそっくりだったのか？」

「ああ。まるっきりな」

「で、おまえは俺に症状をそっくり真似られるだけの充分な情報を与えてくれたのか？」

「だから、数分前の言葉を突然繰り返すと言っただろ」

「繰り返すと言っても、いろいろな状況があり得るだろ。会話の全体をそのまま繰り返すとか、あるいはフレーズ単位で繰り返すとか、それとも意味が同じ言葉で正確な繰り返しではないとか」

「フレーズ、もしくはもっと短い単位だ。同じ言葉を使っていて、単に意味が同じなだけではない」

「その情報はたった今教えてくれたんだよな」

「そうだが」

「だったら、俺はその情報なしで正確に彼女の真似をしたことになるんじゃないか？」

「えっ？」

「どうだ？　そうじゃないのか？」

「まあ、そういうことになるな」

「じゃあ、どうして俺は知らないはずの彼女の症状の真似をすることができたんだ？」

「それは……」

確かにありえないかもしれない。

「どうしてできたんだ？」僕は尋ねた。

「できてなんかいないんだろ」

「どういう意味だ？」

「彼女と俺の症状が同じだという証拠はどこにある？」

「何言ってるんだ？　たった今おまえが喋ったことだぞ」

「ところが、俺はそんな覚えがないんだ」

「そこも彼女の症状と一致している」

「で、彼女の方もおかしな言動の証拠はないんだろ？」

「まあ。そうだが」

「だとすると、一連の状況から指し示す事実は一つだ」

「どんな事実だ？」

「やっぱりおまえが原因なんだ」

「なんだって?!」

「だって、それ以外ありえないだろ」友人は言った。「縁もゆかりもない二人が突然、同じ奇病を発症したとしたら、合理的な人間が考えることは一つだ」

「二人の共通点を探す」

「そうだ。そして、今回の場合、共通点ははっきりしている」

「僕か？」

友人は頷いた。「二人の人間は共に同じ症状だとおまえは主張している。そして、二人ともそれを否定している。で、自分のことではなく、第三者の視点で客観的に考えてみよう。ある人物が、彼の知り合いが二人同時に奇妙な言動をとるようになったと主張している。しかし、二人ともその言動を否定しているし、そのような言動があったという証拠もない。おまえだったら、その人物をどう判断する？」

「その人物自身がおかしい」

「Q．E．D．だな」

「ちょっと待ってくれ。確かにそうとられても仕方がないが、僕は妄想で言ってる訳じゃないんだ。自分がおかしくないことは自分ではっきりとわかってる。確かに彼女とおまえは……」

友人は首を振った。「俺だって、妄想で言っている訳じゃない。俺はおかしな言動をしていない。自分のことだから、はっきりとわかるんだ」

「それは僕だって……」

「平行線だな。確かに、主観同士なら、俺とおまえの主張は平等かもしれない。だが、さっき言ったように第三者の視点で考えれば、どちらの主張がより信頼できるかは明らかだと思う」

僕には返す言葉が見つからなかった。

確かに、友人の主張は理路整然としていて、反論の余地はないように見える。しかし、自分が正しいことは僕自身が一番よく知っている。そして、おそらく友人も僕が正しいことはわかっているはずだ。単に、理解していないふりをしているだけだろう。

ただし、彼女も友人と同じように自覚しているかどうかはまだはっきりしない。彼女は本当に自覚していない可能性があるのだ。

「僕がおかしくないことははっきりわかっている」僕は慎重に言葉を選びながら言った。

「だけど、今互いに自分の意見を主張しても水掛け論にしかならないことも理解している」

「第三者に判定して貰えばはっきりすると思うけど」友人は言った。

「それはあまり意味はない。もし第三者がおまえの方が正しいと判定したとしても、僕はそれが真実でないことを知っているからだ」

「まあ、俺だってそうだよ。ただ、俺が間違っていると判断される場合はまずないだろうが。でも、第三者の判定が駄目だとしたら、どうするつもりだ？　もうこのことには触れないでおくか？」

「当面はそれでも構わない。ただ、このまま放置するのは、僕の気が済まない」

「まあ、そうだろうな」

「おまえはあくまで僕がおかしいと主張するんだよな」

「まあ、敢えて他人にそう吹聴するようなことはしないけどな。だが、俺の考えを述べるなら、おまえはなんらかの強迫観念にとりつかれていると思っている」

「少し時間をくれないか。解決への糸口を摑む方法がないか考えてみる」

「ああ。それもいいだろう。まず自分と向き合うんだ」

「同じことを僕が言ったら、素直に従うか？」

友人は黙って肩を竦《すく》め、部屋から出ていった。

僕は一人になってじっくりと考えた。

そして、可能性としては二つしかあり得ないという結論に到達した。

一つは、彼女には本当に奇妙な症状が出ていて、その話を聞いた友人が悪ふざけをした、というもの。

もう一つは、彼女と友人が結託して、僕をからかっている、というもの。

最初は、前者しかあり得ないと考えていたが、それにしては友人が彼女の症状を正確に再現しているのが気になる。

もし後者だとしたら、僕の知らないところで、彼女と友人が会っているか、少なくとも連絡を取り合っているということになる。僕としてはその可能性は考えたくもないが、だからといって自動的に排除してしまうのはおかしい。

確認するには二人を呼び出すしかないだろう。


「どうしたんだ、急に呼び出したりして？」友人は僕の部屋に上がると同時に尋ねた。

「この間の話の続きをしようと思ってね」

「この間の話？　なんのことだったかな？」

「僕の彼女とおまえの言動がおかしいって話だ」

「ああ。あれか。でも、その話はもう決着してたんじゃなかったっけ？」

「いや。まだだ。どう決着したと思ってたんだ？」

「確か……おまえの思い込みだとか」

「思い込みの訳ないだろ」

「俺からすると、思い込みじゃない訳がないんだが」

「それを今から検証するんだ」

「何か証拠でも見つかったのか？」

「証拠は今から来る。というか、証人と言った方がいいかもな」

ノックの音がした。

「ちょっと待ってくれ」僕はドアを開けた。

彼女が立っていた。

彼女と友人の目が合い、軽く会釈した。

あまり親しくない者同士が久しぶりに会ったという印象だ。だが、演技である可能性もある。

「彼女が来るんなら、言っといてくれよ。じゃあ、俺は失礼するよ」

「あっ。待ってください。わたしのことは気になさらないでください」彼女は僕の方を見た。「ねえ。わたしの方こそ出直して来ようか？」

「いや。二人ともここにいてくれ。これから検証を始めるから」

「検証って何のこと？」

「この前のデートの時、僕は君の言動がおかしいって指摘したよね」

「ええ。そうだったわね」

「だが、君は認めなかった」

「そりゃそうよ。おかしな言動なんかなかったんだから」

「ところが、おかしな言動は確かにあったんだ。ところで、彼のことは知ってるよね？」

「ええ。あなたのお友達だわ」

「彼もまた君と同じ状態になっていた」

「同じ言葉を繰り返していたの？」

「その通りだ」

彼女は考え込んだ。「そんな症状はきっと珍しいんでしょうね」

「君の言いたいことはだいたいわかる」僕は言った。「たまたま僕の知り合いのうち二人にそんな症状が起こることは偶然とは思えないって言いたいんだろ」

「ちゃんと理解しているのね」

「誰でも気付くことだからな」友人が言った。「だが、彼は正しい結論に至ってないんだ」

「どういうこと？　もう結論は明らかだと思うけど」

「おかしいのは僕の方だと言うんだね」僕は言った。

「あら。ちゃんと理解してるじゃない」

「君が何を言いたいかは理解している。だが、信じてはいない」

「それって矛盾しているわ。物事の道理はわかっているけど、信用しないってこと？」

「確かに論理としては矛盾してるように見える。だが、論理を超えた要素が入ることで、矛盾ではなくなるんだ」

「論理を超えた要素って何？」

「僕自身の主観だ。内的経験と言い換えてもいい」

「主観を論拠にするのは科学的じゃないぞ」友人が言った。

「自らの主観を観察することは可能なんだから、科学的でないとは言えない」

「それって内観のことか？」友人が呆れたように言った。「観察の対象自身が観察するんだから、正しい観察ができているという保証はないだろ」

「ねえ。内的経験って何？」

「意識やクオリアのことだよ」僕は答えた。

「『意識』はなんとなくわかるけど、クオリアって何？」

「簡単に言うと『感じ』のことだ。たとえば、『赤』というのは波長がだいたい六百十ナノメートルより長い光を見た時に生まれる感覚だ。だから、『赤』という色の定義は波長を使って行うことができる。だが、数字とは別に脳の中には『赤』という色のイメージが存在するだろ。それが『赤のクオリア』なんだ。このクオリアは外からは絶対に観察できない。だが、僕や君の頭の中に存在していることは間違いないだろ」

「なるほどね。確かにわたしの中にクオリアは存在しているわ。だけど、それがあなたと同じものだということはどうやって証明するの？」

「むしろ、なぜ違うと思うんだ？」

「わかった。その話はもう止めような」友人が言った。「他人のクオリアは観察しようがないんだから、議論を続けても不毛だぜ」

「不毛とは思わないが、この議論はここまでとしようか」僕は言った。「そもそも今日ここに来てもらったのは、そんな話をするためじゃないし」

「そこだ。いったい何が目的なんだ？」

「さっき言ってた主観と客観の話だ。僕がおかしくないことを僕自身は理解している。問題はそれをここにいる二人が理解しないということだ」

「それは客観性がないからだろ」

「客観性はあるはずだ。僕はおまえを客観的に観察できるし、おまえは僕を客観的に観察できる」

「それはそうだけど、おまえの客観性は結局おまえの主観の中での客観性だからな」友人が混ぜ返した。

「それはおまえも同じだろ」

「じゃあ、何も証明できないってことか？　虚無主義か？」

「そうじゃない。人間は基本主観でしか物事を見ることができない。だとしたら、どうして科学は客観性を保てるんだ？」

「それは、複数の人間が同じ事象を観察することによってだろ。誰がみても同じ現象が起きているなら、それは観察者の心の中で起きているのではなく、現実に起きているんだ」

「その通り、だから僕は二人を呼んだんだ」

「俺たち二人がおまえを観察して、二人が確認すれば、自分が原因だと納得してくれるんだな」

僕は頷いた。「ただし、逆の事態の可能性の方が高いけどね」

「逆？　どういう意味だ？」

「君たちのうちどちらかが異常な言動をして、そのことを二人のうちの一方と僕が確認するという可能性だ」

「そんな可能性はほぼないと思うけどな」

「まあ。いいさ。どちらにしろ、まずははっきりさせることが大事だからな」僕は言った。

「そうかしら？」彼女が言った。「はっきりさせることが大事なのかしら？」

「そりゃ大事だろ」

「でも、はっきりさせてしまったら、逃げ道がなくなってしまうわ」

「逃げ道？」

「そう。あなたは今までおかしいのは自分じゃなくて、わたしたちだと思い込んでいた。それって自己が崩壊してしまうのを防ぐ逃げ道よね」

「逃げ道は酷《ひど》いなぁ」

「じゃあ、安全装置とでもしておこうかしら。どっちにしても、わたしたちがおかしい可能性があるうちは自分の正気を疑う必要はない訳よ」

「それは君たちにも言えることだろ」

「ええ。もちろん、わたしたちにも言えることだわ」

彼女は嘘を吐《つ》いている。

僕は直感した。

彼女は自分がおかしい可能性などこれっぽっちもあり得ないと思っているのが言葉の端々に感じられた。

「よくわからないなぁ。物事をはっきりさせてどうして悪いんだ？」

「真実を知らない方がいいこともあるのよ」

「いや。僕は真実を知りたいね。もし万が一――仮定の話だよ――僕がおかしいことがわかったとして、そのことで僕の自我は崩壊などしない。ちゃんと現状を分析して解決策を見出して見せるさ」

「じゃあ、あなたには真実を知る覚悟があるのね」彼女は僕の目を見た。

「ああ。今言った通りだ」

「現実がどんなに恐ろしいものでもそれを受け入れるのね」

「もちろんだ」

「じゃあ、準備はＯＫね。わたしはその実験の開始に同意するわ」

「おまえはどうだ？」僕は友人に尋ねた。

「彼女がＯＫだと言っているのに、俺に反対できると思うのか？」

僕は頷いた。「これで三人の同意が取れた」

「同意したのはいいんだが」友人が言った。「どうやって実験を開始するんだ？」

「どうって、前と同じ現象が起きたら、三人がそれぞれに観察するんだ。二人の人間が互いに観察して、それぞれが相手がおかしいと言っているだけでは埒《らち》が明かない。しかし、三人の人間が互いに観察すれば、誰がおかしいかが明確になるだろう。三人の観察結果を比較して、二人が一致すれば、その観察結果が正しいと見做《みな》して問題ないだろう。これは同意するよな」

彼女と友人は頷いた。

「で、どうやって実験を始めるんだ？」友人は再び尋ねた。

「やり方は今言っただろ」

「前みたいな現象をどうやって再現するんだ？　ひょっとして馬鹿みたいにじっと待つんじゃないだろうな」

「待つつもりだったけど？」

「三人でひたすらいつ起こるかもしれない現象を待つってことか？」

「それ以外に方法があるか？」

「その現象が始まる時に何か切っ掛けみたいなものはなかったのか？」友人が尋ねた。

「切っ掛け？」

「頭痛がするとか、眩暈《めまい》がするとか、吐き気がするとか」

「それは僕になんらかの疾病がある場合だろ」

「今のところ、そう仮定することでいいんじゃないか？」

「とんでもない。それだったら、逆も想定しなければ不公平だ。おまえも何か兆候はなかったのか？」

「別に平等にする必要はない。可能性が高い方からまず調べるのが効率的だ」

「だから、僕に原因がある可能性は低いんだって」

「わたしには特に兆候はなかったと思う」彼女が言った。「二人は？」

「僕には何の兆候もなかった」

「俺もだ」

「じゃあ、やっぱり待つしかないな」

「待ってくれよ。このままずっと待って何も起こらなかったらどうするんだよ？」友人が苛立《いらだ》たしげに言った。

「起こるまで待つんだよ」

「日が暮れちまうだろうが」

「いや。別に日が暮れても問題ないだろ」

「それは言葉の綾だ。俺が言いたかったのは、深夜までここにいろってことか、ということだ」

「何か帰らなければならない理由でもあるのか？」

「いや。明日は休みだから今日は特に問題ない。でも、本気か？　ここでずっと三人で顔を合わせてるつもりなのか？」

「だから、それしかないだろ」

「何日も起こらなかったら、どうするんだ？」

「そうだな」僕は腕組みをした。「外出する用事がある時は出て行っていいことにしよう。でも、その用事が終わったら、ここに戻ってくること」

「つまり、三人で共同生活するつもりなのか？」

僕は頷いた。

「待ってくれ。こっちにも都合ってものがある」

「わたしはいいわよ」彼女は言った。

「えっ？」友人は驚いたようだった。

「三人暮らしというのも面白そうね」

「いや。それは困る」友人は言った。「こいつが留守の時もあるだろ。その時、あなたと二人っきりになってしまうじゃないですか」

「あっ。そうか」僕は言った。

「わたしは別に構わないわ」

「いや。構うだろ」僕と友人は同時に言った。

三人は互いに顔を見合わせ、そして笑った。

空気の流れが止まるような奇妙な眩暈のような感覚があった。

「今、何か感じたか？」僕は二人に尋ねた。

「彼女が来るんなら、言っといてくれよ。じゃあ、俺は失礼するよ」友人が言った。

「あっ。待ってください。わたしのことは気になさらないでください」彼女は僕の方を見た。「ねえ。わたしの方こそ出直して来ようか？」

えっ？　なんだこれ？

「検証って何のこと？」

僕は混乱した。「待ってくれないか。例の現象が始まったのか？」

「ええ。そうだったわね」

彼女はあたかも僕と会話が成立しているかのように話し続けた。

「そりゃそうよ。おかしな言動なんかなかったんだから」

正確に記憶はしていないが、先ほどの会話を繰り返しているようだ。

「おい。彼女の様子を見ろ。明らかにおかしいだろ？」僕は友人に尋ねた。

だが、友人は何も答えない。ただ、黙って僕と彼女を交互に見ている。

「ええ。あなたのお友達だわ」彼女は話し続けている。

「おい。なんとか言ってくれ！」僕は友人に懇願した。

「同じ言葉を繰り返していたの？」

彼女は考え込んだ。「そんな症状はきっと珍しいんでしょうね」

しばらくの沈黙。

「ちゃんと理解しているのね」

「誰でも気付くことだからな」友人が言った。「だが、彼は正しい結論に至ってないんだ」

僕は愕然《がくぜん》とした。

おまえもなのか？

「どういうこと？　もう結論は明らかだと思うけど」彼女は友人の言葉に反応した。

どういうことだ？　なぜ僕の言葉には応えないのに、こいつの言葉には応えるんだ？

「あら。ちゃんと理解してるじゃない」

「ふざけているのか？　それとも、本当に二人ともおかしくなってしまったのか？」

「それって矛盾しているわ。物事の道理はわかっているけど、信用しないってこと？」

僕はその時になって漸《ようや》く検証の機会がやってきたのだと気付いた。この現象を究明しなくてはならない。

僕は場所を移動し、彼女の背後に回った。

「論理を超えた要素って何？」

彼女はあたかも目の前に僕がいるかのように話し続けた。

「主観を論拠にするのは科学的じゃないぞ」友人が言った。

友人もまた先ほどの場所に僕がいるかのように話した。

「それって内観のことか？」友人が呆れたように言った。「観察の対象自身が観察するんだから、正しい観察ができているという保証はないだろ」

「ねえ。内的経験って何？」

彼女と友人の会話は自然だった。だが、僕の言葉は全部すっ飛んでいる。しかも、僕も会話に参加しているかのように会話は流れている。

「『意識』はなんとなくわかるけど、クオリアって何？」

いったい何が起きているんだ？

「なるほどね。確かにわたしの中にクオリアは存在しているわ。だけど、それがあなたと同じものだということはどうやって証明するの？」

「冗談なんだろ？　なあ、悪ふざけだよな？」僕は言った。

「わかった。その話はもう止めような」友人が言った。「他人のクオリアは観察しようがないんだから、議論を続けても不毛だぜ」

悪ふざけにしては、記憶力が良過ぎるような気がする。果たして、こんなにも完璧に言葉を覚えられるものだろうか？

「そこだ。いったい何が目的なんだ？」友人が言った。

いや。予《あらかじ》め準備していたとしたら、どうだろうか？　何日も前から台詞を準備して、それを覚えた。だから、全く同じ言葉を繰り返し話すことができるというのは？

「それは客観性がないからだろ」

だめだ。さっき、この二人はちゃんと僕の言葉に対応して話していた。僕の言葉は決められた台詞ではない。だから、それを予測して台詞を用意しておくことなど不可能だ。

「それはそうだけど、おまえの客観性は結局おまえの主観の中での客観性だからな」友人が言った。

じゃあ、さっきの会話をすべて録音していたんだ。そして、それを再生するのを聞きながら、同じ言葉を発すればいい。

「じゃあ、何も証明できないってことか？　虚無主義か？」

しかし、二人が録音装置の再生を聞いている様子はなかった。耳を含む頭部付近に装置はなかった。

友人の耳の穴に直接指で触れたが、小型のイヤホンなどもなかった。

「それは、複数の人間が同じ事象を観察することによってだろ。誰がみても同じ現象が起きているなら、それは観察者の心の中で起きているのではなく、現実に起きているんだ」

不気味なのは僕が耳の穴に触れても全く反応がなかったことだ。

「俺たち二人がおまえを観察して、二人が確認すれば、自分が原因だと納得してくれるんだな」

僕は二人の目の前で手を振ってみた。

「逆？　どういう意味だ？」

だが、特に反応はない。会話の再現は続いた。

「そんな可能性はほぼないと思うけどな」

僕は彼女の両肩を摑み、身体の向きを九十度ずらした。これで、彼女は壁に向かって話していることになる。

「そうかしら？」彼女が言った。「はっきりさせることが大事なのかしら？」

彼女は壁に向かって話し続けた。

「でも、はっきりさせてしまったら、逃げ道がなくなってしまうわ」

つまり、彼女に幻の僕が見えていた訳ではないらしい。彼女はただ単に会話を再現しているだけなのだ。

「そう。あなたは今までおかしいのは自分じゃなくて、わたしたちだと思い込んでいた。それって自己が崩壊してしまうのを防ぐ逃げ道よね」

ひょっとすると、彼女は今意識を失っており、全く無意識に喋っているのかもしれない。

「じゃあ、安全装置とでもしておこうかしら。どっちにしても、わたしたちがおかしい可能性があるうちは自分の正気を疑う必要はない訳よ」

僕はぞっとした。

全く無意識でこんな長い文章を話すことができるのだろうか？　それではまるで……

「ええ。もちろん、わたしたちにも言えることだわ」

機械じゃないか。彼女たちは録音機械のように機能している。

「真実を知らない方がいいこともあるのよ」

彼女の言葉の意味を考えた。この言葉は案外真実を突いているのかもしれない。僕はこの事実を知るべきではなかったのかもしれない。

「じゃあ、あなたには真実を知る覚悟があるのね」

なんだか自信がなくなってきたよ。

「現実がどんなに恐ろしいものでもそれを受け入れるのね」

ごめん。恐ろしさのレベルによるかもしれない。

「じゃあ、準備はＯＫね。わたしはその実験の開始に同意するわ」

僕は友人の背中を押してみた。ただ、少し移動させたかっただけだった。だが、彼の体勢は思いの外不安定だったらしく、そのままどうと床に倒れてしまった。顔面を強打した形だ。

「すまない。怪我はないか？」僕は思わず呼び掛けてしまった。

彼の顔の下からゆっくりと血が広がり始めた。

鼻血を出したのか、あるいは歯でも折れたのかもしれない。

「彼女がＯＫだと言っているのに、俺に反対できると思うのか？」友人は床に顔をくっつけたまま喋りはじめた。声がくぐもってよく聞こえないが、調子は全く変わりなかった。

「同意したのはいいんだが」友人が言った。「どうやって実験を開始するんだ？」

出血は続いていた。

「で、どう……実験を……るんだ？」言葉が飛び飛びになっているのは、顔を床に付けているので、うまく空気が吸えないからかもしれない。肺が空になっているのに、喋る動作だけするから、声が途切れるのだろう。

このままじゃ死ぬんじゃないかと心配になった。

「前み……な現象を……やって再……るんだ？　……っとして馬……たい……っと待つんじゃな……ろうな」

僕は友人をひっくり返して仰向けにした。

案の定、口と鼻から激しく出血していた。

「三人でひたすらいつ起こるかもしれない現象をごぼごぼ……」

仰向けにしても喋れないのか？

僕は友人の様子を観察した。

「ごぼ」

口の中に血がいっぱい溜まっていた。そして、時々噴水のように噴き上がった。

なるほど。仰向けになったから、血が外に出ず、口の中に溜まったのだ。その状態で息を吸うから、そのまま肺の中に流れ込む。つまり、今、友人は自分の血で溺れかかっているのだ。

「ごぼごぼごぼごぼごぼごぼごぼごぼごぼごぼごぼ」

僕は慌てて友人を横向きにした。

だらだらと血が口から流れ出した。

「今のところ、そう仮定することでいいんじゃないか?」

友人は何事もなかったかのように喋り続けた。

間違いない。友人には意識がないのだ。ただ、決められた通りに喋っているだけなのだ。バグのあるプログラムのように入力を受け付けず、暴走しているのだ。

「別に平等にする必要はない。可能性が高い方からまず調べるのが効率的だ」

どうしよう?

「わたしには特に兆候はなかったと思う」彼女が言った。「二人は?」

救急車を呼ぼう。

僕は決心した。

「はい一一九番消防です。火事ですか? 救急ですか?」電話から声が聞こえてきた。

「救急です」僕は答えた。「友人の様子がおかしいんです」

「どんな状態ですか?」

「突然、倒れて顔面から大量に出血しています」

「落ち着いてください」

「大丈夫です。僕は落ち着いています」

「本人が『再起動』っておっしゃったんですか？」

「えっ？　『再起動』？　今回はそんなことは……」

「現在はどんな状況ですか？」

「そのままです。出血が継続しています」

「単なる悪ふざけなんじゃないですか？」

「出血ですよ」

「あなたではなく、友達がふざけたんではないですか？」

「えっ？　もしもし、話を理解していただいてますか？」

「現時点で緊急性があるように見えますか？」

「もちろんです」

「現時点ではどうなんですか？」

「だから、緊急性はあります。すぐ来てください」

「了解しました。それでは、適切な処置をお願いします」

僕は混乱した。この対応は全く理不尽で理解できなかった。

そして、もう一度一一九番に掛けた。

「はい一一九番消防です。火事ですか？　救急ですか？」電話から声が聞こえてきた。

「先ほど電話したものです。早く救急車をよこしてください」

「どんな状態ですか？」

「さっき言った通りです。出血が止まりません」

「落ち着いてください」

「落ち着いています」

「本人が『再起動』っておっしゃったんですか？」

えっ？　どうしてまた再起動等と言い始めたんだ？

「現在はどんな状況ですか？」

おかしい。同じ会話になっている。

「今日は何日かわかりますか？」僕はわざと唐突に質問した。

「単なる悪ふざけなんじゃないですか？」

「答えてください。今日は何日ですか？」

「あなたではなく、友達がふざけたんではないですか？」

「本当に僕の言葉が理解できないんですね」

「現時点で緊急性があるように見えますか？」

「もし理解できているならすぐ来てください」

「現時点ではどうなんですか？」

「寿限無寿限無《じゅげむじゅげむ》五劫《ごこう》のすり切れ」

「了解しました。それでは、適切な処置をお願いします」

いったい何が起きてるんだ？　この二人だけじゃなく、余所《よそ》でも同じ現象が起きているのか？　だとしたら、この現象は単なる病気の症状ではないのか？

「待ってくれ。こっちにも都合ってものがある」

「わたしはいいわよ」彼女は言った。

「えっ？」友人は驚いたようだった。

「三人暮らしというのも面白そうね」

「いや。それは困る」友人は言った。「こいつが留守の時もあるだろ。その時、あなたと二人っきりになってしまうじゃないですか」

まだ会話は続いていた。

「わたしは別に構わないわ」

「いや。構うだろ」友人は言った。

二人は笑い出し、そして会話は止まった。

僕は息を呑んだ。

さっきの会話はここまでだった。これから何が起こるのか？

「彼女が来るんなら、言っといてくれよ。じゃあ、俺は失礼するよ」友人が言った。

「あっ。待ってください。わたしのことは気になさらないでください」彼女は誰もいない方を見た。「ねえ。わたしの方こそ出直して来ようか？」

「検証って何のこと？」

「ええ。そうだったわね」

「そりゃそうよ。おかしな言動なんかなかったんだから」

また、繰り返している。このまま堂々巡りを繰り返すのか？

友人の出血はまだ続いていたが、勢いはやや収まってきたようにも思える。

とりあえず、救急車が呼べないのではどうしようもない。

「おい。起き上がることはできるか？」

だが、友人は僕の言葉には反応せず、先ほどの会話を続けている。

僕一人で連れて行くのは無理そうだ。

とりあえず、助けが必要だ。

僕は外に出た。


街には多くの人々がいた。

僕は近くにいる犬の散歩中の男性に声を掛けた。

「すみません。助けていただけないでしょうか？」

男性は僕の言葉に反応せず、歩き続けていた。

「友人が怪我をしてしまったんです。僕の携帯からだと、うまく救急に繫がらないのです。代わりに電話していただくか、少しだけ携帯を貸していただけないでしょうか？」

無視しているのか、男性はそのまま歩き続けた。

「どうして返事していただけないんですか？」僕は男性の前に立ちはだかった。

男性はそのまま直進し、僕にぶつかった。

僕は尻もちをついた。

男性は真後ろに後頭部から倒れた。そして、なおも歩く動作を続けた。

犬は直進し、男性はそのまま引きずられる。

歩道にぶつかった後頭部からは出血していた。

道に血の跡が残っていく。

この人も同じ状況だ。意識がなくなり、今までの行動だけが継続している。

僕は周囲を探し、立ち話をしている二人の主婦らしき人物を見付けた。

「すみません。緊急事態なんです。携帯を貸していただけないでしょうか？」

主婦は会話を続けていた。

「ええ。うちの子は全然勉強しないんですよ。受験まであと一年ちょっとしかないのに、本当にどうするつもりなのかしら？」

「大丈夫ですよ。うちの子だって、二年生までは遊んでばかりで全然勉強なんかしなかったけど、三年生になった途端真剣に勉強をし始めましたから」

僕は激しい不安に襲われた。

この人たちも？　いや。まだそう決まった訳ではない。単に話に夢中になって、僕に気付かないだけかもしれない。

「すみません。聞こえてますか?!」僕は大声で言った。

「お宅のお子さんは元々優秀だから。うちの子は勉強しないと全然点数がとれないんですよ」

「そんなことないですって。うちの子だって、テストの点はいつも平均点以下だったんですから」

僕は主婦の一人の肩に手を置いた。そして、ゆっくりと回れ右をさせた。

もう一人の主婦に背中を向けた形だ。

「うちの子は平均点どころの騒ぎじゃないんですよ」主婦はあらぬ方向を見ながら喋り続けた。「本当にやっとのことで、零点を免れているんです」

「うちの子だって、殆どそんな感じでしたわ」もう一人の主婦も話し相手の背中に向けてにこやかに喋り続けた。

僕は呆然自失となった。

また、意識のない人がいた。ひょっとすると、町中で、全員意識がない人々が動き回っているのかもしれない。

いや。それどころか、意識を持っているのは僕一人なのかもしれない。

僕はいても立ってもいられず、走り出した。

「僕の声が聞こえる人はいませんか?!」僕は絶叫にも近い大声で叫んだ。「僕の声が聞こえたら、僕に手を振ってください」

だが、人々からの反応はなかった。

ある人々は歩き回り、宙に向かって何かを懸命に話し続けていた。

「いや。僕は単純に到達を遅らせようとしている訳ではありません。永久に到達させずにおこうとしているのではなく、ある特定の時刻に到達させようとしているのです」探偵気取りなのかシャーロック・ホームズの挿絵そっくりの服装の男が言った。

「これ以上、大きな借金をしようっていうんじゃないだろうね。そんなことをしてもいずれ破綻するよ」顔色が土のような気の小さそうな男が呟いていた。

「じゃあ、わたしはどうやって生活用水を手に入れればいいの？　水がなければ料理できないし、飲み水がなくては死んでしまうわ」年齢がいくつになるのかすらわからない、襤《ぼ》褸《ろ》を全身に巻き付け、凄まじい臭いを発する老女が言った。

「別の結論が得られたら、最初の医者の診断が間違っている可能性があるということになります。逆に同じ結論が得られたら、その診断結果は信頼できるものだということになります」血走った目をし、汚れた制服を着た救急隊員らしい男が言った。

「仮に預金通帳の残高がゼロになったとしましょう。これは悲しいことですよね。もし、誰かがお金をくれて、残高が充分な額になったら、幸せになりますよね。これがほんまもんの幸福です。幸せスイッチを入れて幸せになっても、預金残高は増えへんのです。これはにせもんの幸福と違いますか？」がりがりに痩せ、目だけがらんらんと輝いている少女が言った。

彼らは歩き、話し、笑い、そして買い物までしていたが、誰も僕には反応しなかった。

僕の不安はピークに達し、やがて恐怖へといたった。さらに激しい怒りまでが加わり始めた。

「返事をしろ!!　僕を無視するな!!」

僕は何人かに体当たりした。

体当たりされた人物は飛ばされ、倒れた。そして、そのままそれまで行っていた言動を継続するのだ。

僕は実家や警察や知人などに片っ端から電話を掛けた。だが、全く出ないか、もしくはこちらの言葉に全く呼応しないちぐはぐな会話になるかどちらかだった。

僕は駅に向かった。

切符は券売機で普通に買えたし、改札も通ることができた。だが、駅員は僕に反応しなかった。しかし、他の乗客たちが話し掛けた場合は、普通に対応していた。

まるで自分が幽霊になったかのような錯覚を覚えた。

もちろん僕は幽霊ではない。彼らに触ることも動かすこともできるのだ。だが、彼らは触られたことも移動させられたこともまるでなかったかのように行動を続けた。

あたかも自由意思のない自動機械のように。

僕はどこに行っても無駄だと感じ、自分の部屋へと戻った。

彼女と友人はそこにいて、まだ会話を続けていた。

ただ、友人は心なしか勢いがなく、動きも鈍くなっていた。

床は血塗《ちまみ》れだったが、すでに血は止まっているようだった。

僕は床の血だけは拭き取り、二人はそのままにしておくことにした。

彼らはいったいどうしてしまったのだろう？

テレビを付けると、いつものように番組が流れていた。

僕が介入しなければ人々はいつも通りうまくやっているように見えた。だとすると、僕だけが異分子なのだろうか？

だが、僕は自らを役を割り当てられた操り人形だとは思えなかった。今までも自分の自由意思で行動してきたし、これからもそうだろう。

しかし、だとしたら、僕以外の人たちはどうなのだろう？　みんなが持っていた自由意思はどこに行ってしまったのだろう。

その時になって、僕は大事なことを思い出したのだ。

そもそも、今日まで僕は他人に自由意思があることを確認していなかったのだ。生まれてからずっと僕は自分に自由意思があるように他の人間にも自由意思があると思い込んでいた。だが、それは確認された事実などではなく、一種の仮説に過ぎなかったのだ。

僕以外の人間はすべて意識を持たない自動機械のような存在だったのだ。

いや。機械とは少し違う。僕は血を流し、弱っていく友人のことを思い出した。

彼は確かに生きている。血を流し、食事をし、睡眠さえとるだろう。そして、それは単にそういうふりをしているのではなく、彼らの生存に不可欠なのだ。

彼らが周囲の環境の変化に対応しているように見えたのは単なる反射の集積にすぎないのだろう。五感を通じて入ってきた外界からの刺激を受け、脳は複雑な演算をこなす。そして、その結果に基づき、身体を適当に動かす。この過程において、意識だのクオリアだのが入りこむ隙間はない。すべては物理化学的な回路の挙動として理解できる。では、意識とは何なのだろうか？　なぜ、僕はクオリアを感じるのか？

いや。待て。彼女や友人はクオリアを理解できているようだった。内的経験を保有しているのが前提の会話をしていた。だとすると、彼らにも自由意思があるのではないだろうか？

だが、それすらも、反射のなせるわざだとしたら、どうだろうか？　実際には意識もクオリアもないが、それらに関する質問を受けた時には、自動的にそれらを保持しているかのような反応を示しているとは考えられないだろうか？

僕は孤独なのだろうか？

僕はいつの間にか眠ってしまった。

朝起きると、友人と彼女はいなくなっていた。

外に出ると、昨日と同じように多くの人たちがいた。

「おはようございます」僕は目の前を歩いている男性に声を掛けた。

男性は一瞬怪訝《けげん》そうな目で僕を見た後、ぽつりと言った。「おはようございます」

どうやら、僕以外の人間が僕を認識できないという現象は終わったらしい。

僕は彼女に電話を掛けた。

彼女が出た。

「よかった。無事だったんだね」

僕はこの言葉にどれだけの真実が含まれているのか自分でももはやよくわからなくなっていた。

「ええ」

「いったい昨日はどうなったんだ？」

「ええと。どこから覚えてる？」

「君たちが同じ言葉を繰り返し始めて、二巡したところだ。その後、何巡したのかは定かではない」

「わたしが覚えているのは、あなたに『突然、無性に眠くなったから帰ってくれ』と言われたことよ。そして、わたしたちが帰る前にもうあなたはベッドの上で眠り込んでいた」

「僕の記憶とだいぶ違うね」

「きっと、あなたは夢を見たのよ」

「夢だということにしておけば、厄介なことにはならないという訳か」

「何を言ってるの？」

「一つ質問してもいいかな？」

「ええ」

「君には内的経験が存在するのか？」

「クオリアとかのこと？」

「クオリアもだが、意識があるかということだ」

「言っていることの意味がわからないんだけど」

「つまり、君は自分の自由意思で動いているのか、それとも電気化学的な神経回路の作りだす反射によって動いているだけなのかということだ」

「どう答えるのが正しいの？」

「真実を答えればいいんだ」

「あなたはわたしに意識がないと疑っているのね」

「そうである可能性が高いと考えている」

「わたしは意識がないのに肉体の反射だけで動いているというの？」

「そうだよ」

「それってまるで、映画に出てくるゾンビみたいじゃないの」

「そう。ゾンビだ。哲学的ゾンビだ」

「何、それ？」

「自由意思はないのに、まるで普通の人間のように行動する人間そっくりの存在だ」

「わたしが人間か哲学的ゾンビかを、あなたが知る方法はないんじゃないの？」

「理屈の上ではあり得ない。君が誤動作のない完璧な哲学的ゾンビであった場合は」

「あなたはわたしが誤動作した哲学的ゾンビだと思っているのね」

「うん。そうだね」

「でも、それって証明できるの？」

「まあ。証明する方法はいくつかあるかもな。だけど、どうして証明をする必要があるんだ？」

「証明しなければ、あなたの言うことなんか誰も信用しないわ」

「自分自身が信用しているから問題ない」

「でも、それって単なる独りよがりだわ」

「でも、どっちにしてもこの世に存在する意識は僕の意識だけなんだよ。だから、独りよがりで構わないんだ。誰かに証明する必要はないんだ。僕以外誰もいないんだから」

「じゃあ、あなたは今誰を説得しようとしているの？」

ああ。そうか彼女は存在していないんだ。厳密には肉体だけの存在だということだけど。だから、彼女を説得しようとすることはナンセンスなのだ。いないものを納得させることは永久に不可能なのだから。

僕は電話を切った。

そして、友人に電話をしようかと思った。彼女に対するものと同じような質問をして反応を見たかったのだ。だが、止《や》めることにした。電話をしたって、誰かに何かを伝えられる訳じゃない。世界に存在する魂は僕の魂だけなんだから。

しかし、いったいどうしてこんなことになってしまったのだろうか？　何者かが人々から自由意思を奪ったのなら、理由があるはずだ。そして、僕だけに自由意思が残された理由も。

最近、この現象の原因となるような事件が起こっただろうか？　そもそもいつぐらいから、このような現象が起こったのか？　彼女の様子がおかしくなったあの時点以前であることは間違いない。それ以前には特におかしなところはなかった。いや。おかしな点と言えば、あの時点以降もほぼおかしい様子は見られなかったと言えるだろう。あの現象は突発的に起こり、そしていきなり修正される。あたかも、プログラムの中に元々あったバグが突然顕在化したかのように。

ひょっとすると、単に今までバグが顕在化していなかっただけで、相当以前からこのような状態だったのかもしれない。そう考えると、特に契機となる事件に心当たりがないことにも合点がいく。もしかすると、もう何年もこんな状態が続いているのだろうか。

いや。むしろずっとこうだったと考えるべきなのかもしれない。僕は自分に意識があることから、世の中の人間にはすべて意識が存在すると思い込んでいたのだ。しかし、よく考えると自分以外の人間に意識があると考える根拠は存在しないのだ。幼い頃、特に理由なく、そう思い込んでしまっただけなのだ。長ずるにつれて、子供時代の様々な思い込みは払拭《ふっしょく》されていったが、他人に心があるという思い込みは修正されることはなかった。確かに、そう仮定した方が便利なことが多かった。他人に心があるという仮定の下、相手の身になって考えれば、その行動がおおよそ推測できるからだ。

なぜ、世界がこうなったのかと理由を考えるのは不毛なのだ。世界はこうなったのではなく、元々こうだったのだ。この世界はそもそも哲学的ゾンビの世界なのだ。

なぜ、このような世界になったのかではなく、なぜ今になってバグが顕在化したのかの理由を検討すべきだろう。

システムが老朽化してしまったのか？　昔騒がれた西暦二〇〇〇年問題のように、元々含まれていた欠陥なのか？　なんらかのウイルスのようなものの影響なのか？　それとも、元々そういう仕様なのか？

仮に、そういう仕様だとするならば、どうしてそんな仕様にしたのか？

理由は僕にあると考えられる。なぜなら、このことに気付けるのは、この世界で唯一ゾンビでない僕だけなのだから。

そう。あの現象は僕に向けての現象だったのだ。

だとしたら、その理由は何だろう？

僕にこの世界の秘密を知らせるためだ。

いや。秘密というのは言い過ぎだろう。秘密でもなんでもなく、ただ僕が今までそれを読み取れなかっただけなのだ。だが、永久に知らないままではいられない。ある時期が来たら、僕にそれを知らせる仕様になっていたのだ。できるだけ、ショックを与えないように徐々に疑問が膨らんでいき、最終的に真実に到達するように。

で、僕はどうすればいいのだろうか?

おそらく何もしなくてもいいのだろう。今まで通りゾンビたちと接していればいいはずだ。あたかも彼らに意識があるかのように振る舞えばいい。世界は今までと同じように僕を受け入れてくれるはずだ。

だが、今までとは決定的に違う要素がある。それは僕自身の変化だ。僕は絶対的に孤独なのだ。だが、いつかはかならず知らなければならないことだとしたら、その知識を予期しない状況でいきなり知ってしまうよりはこうやって段階を踏んで知った方がいいに決まっている。

これは気付きのための儀式だったのだ。

僕はこれからこの世界で一人で生きていかなければならない。だが、本当は今までも一人で生きてきたのだ。だから、何も恐れる必要はない。だが、そうは言っても、僕は恐ろしかった。この世界の絶対の孤独に打ちひしがれそうになった。だから、僕は今、この文章を書いているのだ。文章を書くことによって、自分の精神こそが実在することを確認する作業を行う。だが、永久に知らないままではいられない。彼らが周囲の環境の変化に対応しているように見えたのは単なる反射の集積にすぎないのだろう。これはごく個人的な事件であるとともに、世界的な大事件でもあるのだ。それが「赤のクオリア」なんだ。このクオリアは外からは絶対に観察できない。友人は頷いた。「二人の人間は共に同じ症状だとおまえは主張している。そして、二人ともそれを否定している。で、自分のことではなく、第三者の視点で客観的に考えてみよう」「彼もまた君と同じ状態になっていた」「同じ言葉を繰り返していたの？」「その通りだ」彼女は考え込んだ。「そんな症状はきっと珍しいんでしょうね」「君の言いたいことはだいたいわかる」僕は言った。「たまたま僕の知り合いのうち二人にそんな症状が起こることは偶然とは思えないって言いたいんだろ」「ああ。言い切れる。僕は彼女を愛している」友人はぽかんと口を開けた。「なんだ。それがいいたかっただけか」「はっ？」「つまり、ながながと愚痴のようなものを俺に聞かせたのは、今の台詞――『僕は彼女を愛している』を聞かせたかっただけなんだろ」いいん。らまていのましりののもくな相とのりの全塗膜イイイティリリッ……

……………

……………

……………

（再起動）

…………

…………

僕はたった今大変な秘密に気付いてしまった。いや。正確に言うならば、すでに数日前から徐々に気付き始めていたのだと思う。小さな違和感が明確な疑念となり、それが今確信へと変わったのだ。

これはごく個人的な事件であるとともに、世界的な大事件でもあるのだ。随分、矛盾した言説だが、これが事実を最も的確に表現しているのだ。

僕はいったい何をしようとしているのだろう？

…………

…………

（再起動）

…………

…………

これはある青年の物語である。

いいや。本当は違う。すでにあなたは気付いているだろう。

あなたがこの本を読んでいるのは、気付きのための儀式なのだ。

これはあなたの物語である。

この作品はフィクションであり、実在する団体、個人とは一切、関係ありません。

光文社文庫

文庫書下ろし
幸《しあわ》せスイッチ
著者　小《こ》林《ばやし》泰《やす》三《み》

2015年4月20日　初版1刷発行
2023年8月25日　2刷発行

発行者　三宅貴久
印刷　新藤慶昌堂
製本　ナショナル製本

発行所　株式会社　光文社
〒112-8011　東京都文京区音羽1-16-6
電話（03）5395-8149　編集部
8116　書籍販売部
8125　業務部

ISBN978-4-334-76868-3　Printed in Japan

組版　萩原印刷

ちびねこ亭の思い出ごはん　三毛猫と昨日のカレー　高橋由太
ちびねこ亭の思い出ごはん　キジトラ猫と菜の花づくし　高橋由太
ちびねこ亭の思い出ごはん　ちょびひげ猫とコロッケパン　高橋由太
ちびねこ亭の思い出ごはん　たび猫とあの日の唐揚げ　高橋由太
ちびねこ亭の思い出ごはん　からす猫とホットチョコレート　高橋由太
ちびねこ亭の思い出ごはん　チューリップ畑の猫と落花生みそ　高橋由太
乗りかかった船　瀧羽麻子
退職者四十七人の逆襲　建倉圭介
王都炎上　田中芳樹
王子二人　田中芳樹
落日悲歌　田中芳樹
汗血公路　田中芳樹
征馬孤影　田中芳樹
風塵乱舞　田中芳樹
王都奪還　田中芳樹
仮面兵団　田中芳樹
旌旗流転　田中芳樹

妖雲群行　田中芳樹
魔軍襲来　田中芳樹
暗黒神殿　田中芳樹
蛇王再臨　田中芳樹
天鳴地動　田中芳樹
戦旗不倒　田中芳樹
天涯無限　田中芳樹
白昼鬼語　谷崎潤一郎
ショートショート・マルシェ　田丸雅智
ショートショートBAR　田丸雅智
ショートショート列車　田丸雅智
おとぎカンパニー　田丸雅智
おとぎカンパニー　日本昔ばなし編　田丸雅智
優しい死神の飼い方　知念実希人
屋上のテロリスト　知念実希人
黒猫の小夜曲　知念実希人
神のダイスを見上げて　知念実希人